YO DE MAYOR
QUIERO SER SÚPER HÉROE

¡ Y DE PEQUEÑO TAMBIÉN !

Félix J. Velando

LAS
AVENTURAS
DE PACOPÉ 1

Alguna INFORMACIÓN SÚPER IMPORTANTE SOBRE ESTE LIBRO

ISBN:978-84-608-35-21-9

DEDICATORIA:

A Olivia

CAPÍTULOS

CAPÍTULO 1

LO QUE YO QUIERO SER

Seguro que los mayores os habrán preguntado más de una vez:

—¿Tú qué quieres ser de mayor?

Pero aún no conozco a ningún niño que le haya preguntado a un mayor:

—¿Y tú? ¿Qué quieres ser tú de viejo?

Sí, se pasan todo el tiempo preguntándonos qué queremos ser de mayores, pero, ¿os han preguntado alguna vez qué queréis ser de niños?

Porque muchos mayores piensan que de niño sólo se puede ser eso, niño. Pero yo de niño quiero ser algo más. Mis amigos sólo piensan en lo que serán cuando crezcan, les salgan granos y pelos en la cara, vamos, esas cosas que siempre les salen a los mayores. La mitad de mis amigos siempre dice:

—¡Yo quiero ser futbolista!

Y la otra mitad dice:

—¡Yo quiero ser astronauta!

Luego está mi amigo Julito, que nunca se decide por ninguna de esas dos mitades, y que si le preguntas te dirá:

—¡Yo quiero ser futbolista–astronauta!

Pero yo le digo que en el espacio todo flota, hasta los balones, y no sé yo si se podrá ser futbolista–astronauta. Otros niños quieren ser bomberos, algunos buceadores, muchos policías. Mario quiere ser ladrón, porque dice que si no su padre, que es policía, se quedaría sin trabajo, porque sin ladrones no habría policías. Algunos de mis amigos quieren ser dos o más cosas a la vez, como Julito, que aparte de ser futbolista–astronauta quiere ser bombero–buceador, aunque todo el mundo le dice que debajo del agua no hay incendios. Pero él insiste en que a veces salen volcanes debajo del agua y alguien tendrá que apagarlos.

Mi amigo Tono quiere ser paracaidista pero Julito siempre le recuerda que nadie le va a pagar por saltar en paracaídas. De hecho creo que hay que pagar por saltar, así que como profesión no se le ve mucho futuro a eso del paracaidismo. Los padres se ponen muy contentos si les dices que quieres ser ingeniero, banquero, y otras cosas terminadas en "ero", creo que es porque terminan igual que "dinero", que es una cosa que les gusta mucho a algunos padres. Luego está Íñigo, que quiere ser presidente del gobierno. Ha comenzado por ser delegado de clase. Yo también me presenté a delegado pero sólo recibí un voto: el mío.

A Íñigo lo votaron todos los demás, salvo Julito, que también se votó a sí mismo. Íñigo siempre es de los que eligen cuando hacemos equipos para jugar al fútbol. A mí nunca me elige o me elige el último.

Hoy mis amigos me preguntaron:

—¿Y tú, Pacopé? ¿Tú qué quieres ser de mayor?

(Ah, no os he dicho que me llamo Francisco José, pero con esto de la crisis y por ahorrar todo el mundo me llama Pacopé).

—No lo sé, aún no me he pensado lo que quiero ser —les contesté.

Pero no es cierto. Sé muy bien lo que quiero ser de mayor. Es más, sé muy bien lo que quiero ser de mayor y de pequeño. Pero no podía decírselo, porque mi trabajo será secreto. Pero a vosotros, como no me conocéis, ni sabéis dónde vivo, sí os lo puedo decir. ¡Yo de mayor quiero ser súper héroe! ¡Y de pequeño también!

Sí, súper héroe, aunque no tengo claro si los súper héroes tienen un sueldo, vacaciones, cesta de Navidad, un jefe para hablar mal de él, en fin, esas cosas que tienen los padres en sus trabajos. Pero me da igual. Es lo que quiero ser. ¡Y lo voy a lograr!

CAPÍTULO 2

BUSCANDO MI SUPER PODER

La principal característica de un súper héroe es su súper poder. Por ejemplo, en mi país está Camaleón Man, el súper héroe que cambia de color según dónde esté. Un día Camaleón Man fue de visita a la fábrica en la que trabaja mi padre y se le puso el color así como beis gotelé, que es como tienen pintadas allí las paredes de las oficinas. Camaleón Man a veces derrota a los villanos con un lengüetazo, que es una forma de que te derroten un poco asquerosa y húmeda. Pero otras veces se le queda la lengua pegada en las paredes y entonces saca una botella de disolvente que lleva siempre encima y la usa para despegarse. Y cuando le pasa eso sus enemigos tienen tiempo de tomarse un café, merendar y huir. También tenemos a Súper Tufo, que es un súper héroe que hace una cosa que huele muy mal y con ella marea a sus enemigos. Y también a todo el que esté a su alrededor. No os voy a decir qué es lo que hace exactamente Súper Tufo, porque dicen mis padres que de eso no se habla pero ya os podéis imaginar de qué se trata. Hay cosas, según los mayores, de las que no se puede hablar. Aunque las puedas oler. Hay otro súper héroe que se llama el Hombre Bombilla, porque lleva un montón de bombillas en su traje y crea tanta luz con ellas que deja deslumbrados y sin poder ver durante un rato a los villanos. Y a los que no son villanos también.

Ya, ya sé que no son súper héroes como los que salen en las películas, de esos que disparan rayos por los ojos, vuelan más rápido que los aviones y pegan puñetazos que destrozan paredes. La gente dice que en el mundo de los súper héroes, como en todos, hay crisis y por eso nuestros súper héroes son un poco cutres. Pero aún así, salvan vidas, detienen a los malvados y a veces van a los colegios de visita, aunque al nuestro no han venido nunca. Igual por eso ninguno de mis amigos quiere ser súper héroe y prefieren ser futbolistas.

Casi todos los súper héroes viven en las ciudades, porque allí es donde hay más trabajo y además, están las televisiones para que los entrevisten, porque yo creo que lo que más les gusta es salir en la tele. Así que en mi pueblo no tenemos ningún súper héroe. A veces el ayuntamiento pone anuncios para decir que van a contratar policías municipales, veterinarios o barrenderos. Pero para súper héroe, no sé porqué, nunca sacan plaza.

Pero mi problema no es ese. A mí me da igual que haya un puesto de súper héroe o no. Mi principal problema es que para ser súper héroe hay que tener algún súper poder. Y yo todavía no sé cuál es el mío. Pero algún día lo descubriré.

Bueno, la verdad es que tengo un montón de principales problemas, pero ahora estamos hablando del tema de los súper poderes. Yo he intentado por todos los métodos descubrir cuál es mi súper poder. Un día quise ver si era súper fuerza, así que intenté levantar yo sólo un reloj de bronce que tiene mi madre en el pasillo, un reloj que pesa un montón o tal vez dos montones, lo que viene a ser muchísimos kilos. Lo conseguí levantar un poco pero al momento se me cayó e hice un pico en la baldosa del suelo del pasillo. Y llegó mi madre corriendo. Sólo se la puede ver corriendo cuando se le quema algo en la cocina o cuando me persigue. Pero cuando me persigue corre más rápido.

–¿Qué has hecho? –preguntó mirando al reloj en el suelo.

–¡No he sido yo, dije! –que es lo que digo siempre cuando

he hecho algo.

—¿Que no has sido tú? ¿Entonces quién?

—La ley de la gravedad. Es una ley que acaban de enseñarme en el cole y que es la culpable de que las cosas no floten y se caigan al suelo —contesté. —Si esto hubiera pasado en el espacio galáctico —le expliqué —el reloj aún estaría flotando en lugar de haber caído al suelo. Hasta tú estarías flotando, mamá.

—¡Yo no pienso flotar en ningún sitio! —dijo mi madre.

—Pues no flotes, pero esa ley existe —le dije. Y era verdad, es de esas leyes que parecen hechas a propósito para fastidiar. Si no fuera por esa ley iríamos todos por ahí flotando, pero nada, no puede ser y hay que ir andando, en coche o en bicicleta.

—Así que yo no tengo culpa de nada —le insistí. Pero por cómo me miraba ya se veía que no le estaban convenciendo mis explicaciones.

—¡Castigado a tu cuarto, ya se lo contaré a tu padre cuando regrese mañana de su viaje! Y no se te ocurra nunca más levantar nada.

Al día siguiente, cuando mi madre me llamó para que me

levantara y me fuera al cole, decidí cumplir su castigo:

—Lo siento mamá, pero estoy castigado a no levantar nada. Así que no me puedo levantar ni a mí mismo. ¿Me puedes traer la leche a la cama, por favor? Y algún tebeo. Si me traes también unas chuches te lo agradeceré. Y ya si me traes la tele y la videoconsola mi agradecimiento sería eterno.

Mi madre me echó su mirada de estar muy enfadada. Se te acerca mucho y sin pestañear clava sus ojos en los tuyos. Achina los ojos un poco, para mirarte más fijamente. Entonces yo le dije:

—Mama, te salen arrugas en la frente al hacer eso.

Y al momento dejó de mirarme así pero me hizo salir de la cama y me castigó de nuevo, esta vez sin videoconsola por dos días. Y por la tarde, cuando llegó mi padre de su trabajo se lo contó. (Es un poco chivatilla, qué le vamos a hacer, le cuenta todo lo que hago).

—¡Me ha tirado el reloj de bronce que nos regaló mi madre por la boda! —dijo.

—Bueno, tampoco era ninguna joya —contestó mi padre, al que no le gustan mucho los regalos de mi abuela Puri, que es mi abuela pero su suegra.

—Y además, esta mañana ha dicho que no quería levantarse para ir al colegio.

—¿Es eso verdad, Pacopé? —me preguntó.

—Bueno, es que mamá me ha prohibido levantar cosas. Y yo también soy cosa, ¿no? Cosa humana, pero cosa.

Pero a mi padre tampoco le gustaron mis argumentos y también me castigó. Además de quedarme sin consola me castigaron a dos días sin postre y a toda la semana sin chuches. ¿Por qué no me castigan nunca a dos días sin deberes o a dos semanas sin lentejas?

Pero no me desanimé, y seguí intentando averiguar cuál podría ser mi súper poder. Tres días después intenté comprobar si tenía "súper–salto". Y me puse a tomar carrerilla y a saltar en el pasillo, hasta que mi madre, tras observarme durante un rato me dijo que prohibido saltar en la casa.

—¿Y si ves una pulga por la casa también le prohibirás saltar? —protesté.

—¡En esta casa no hay pulgas! ¡Y se acabó el seguir diciendo tonterías! ¡Prohibido a partir de ahora!

Así que me fui a mi habitación y apunté la nueva

prohibición en una libreta donde escribo todo lo que me prohíben para ir acordándome. Os enseño una página:

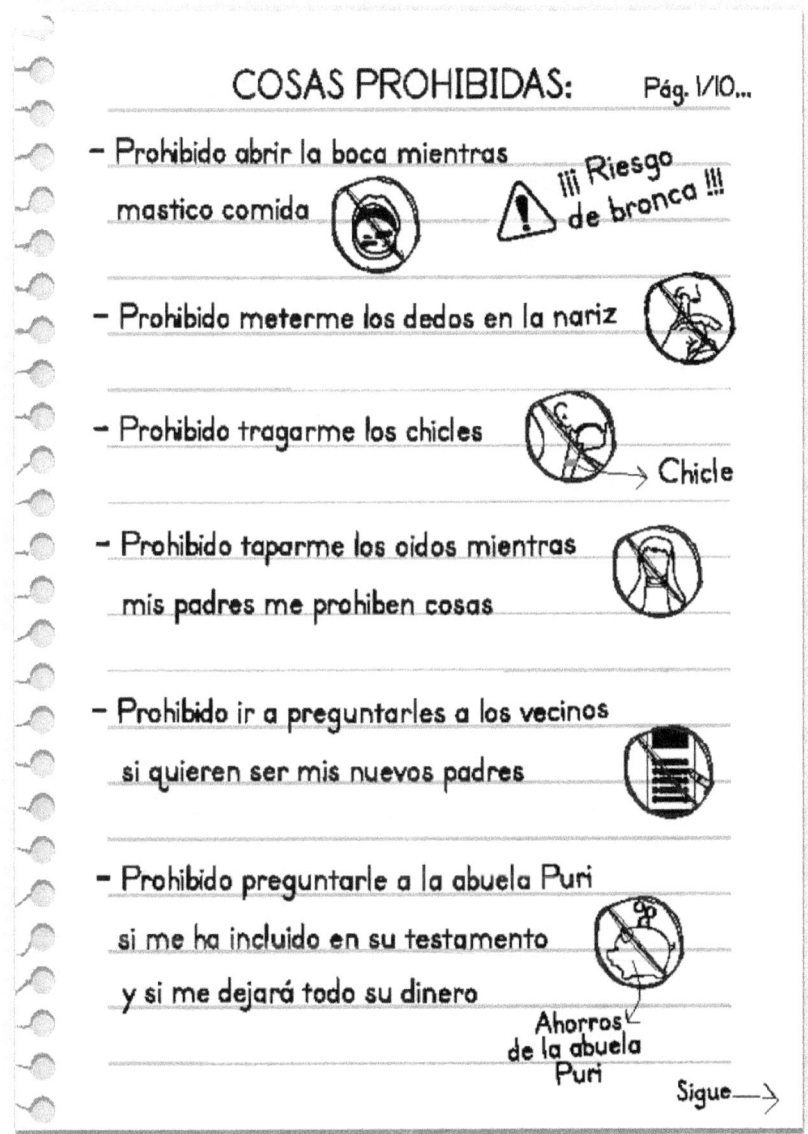

COSAS PROHIBIDAS: Pág. 1/10...

- Prohibido abrir la boca mientras mastico comida
¡¡¡ Riesgo de bronca !!!

- Prohibido meterme los dedos en la nariz

- Prohibido tragarme los chicles
→ Chicle

- Prohibido taparme los oídos mientras mis padres me prohíben cosas

- Prohibido ir a preguntarles a los vecinos si quieren ser mis nuevos padres

- Prohibido preguntarle a la abuela Puri si me ha incluido en su testamento y si me dejará todo su dinero
Ahorros de la abuela Puri

Sigue—→

Y así tengo una lista como de diez páginas, pero son ya tantas prohibiciones que ya no me acuerdo bien de lo que está prohibido o no. Para saberlo suele haber una regla que no falla:

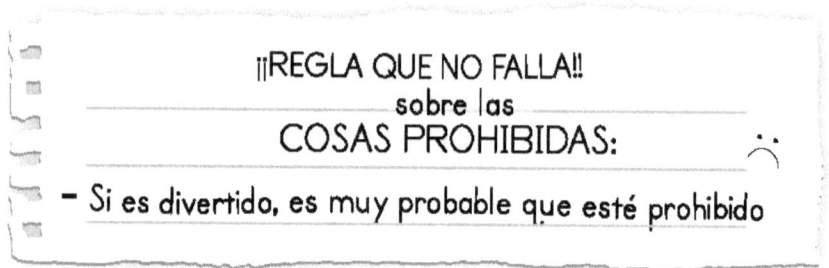

¡¡REGLA QUE NO FALLA!!
sobre las
COSAS PROHIBIDAS:

– Si es divertido, es muy probable que esté prohibido

Bueno, que me lío. Estaba contándoos que mi madre me había prohibido saltar en el pasillo. Pero no había dicho nada de saltar en su habitación. Así que cuando salió a hacer unos recados me subí a su colchón y tras unos pequeños botes de calentamiento conseguí dar un salto gigantesco, tanto que me quedé colgando de una lámpara con muchos cristalitos que hay sobre su cama.

La lámpara estaba bien enganchada con el techo, porque aguantó mi peso. Pero a mí me daba miedo soltarme porque estaba un poco alto. La lámpara aguantó mi peso, sí, pero la que no aguantó tanto fue mi madre, que al verme colgado de ella casi se marea del susto.

¿Qué haces allá arriba? –me preguntó cuando se recuperó de la impresión.

—Estoy observando el paisaje —le dije, porque, la verdad, no se me ocurría otra cosa que decir. Es que es muy difícil encontrar una buena excusa cuando estás en el techo agarrado a una lámpara.

Mi madre se subió al colchón y me ayudó a bajar. Del susto que se había llevado se le olvidó castigarme aquella tarde. Pero luego, por la noche, oí cómo le decía a mi padre que tal vez deberían llevarme a algún sitio a que me viera alguien. Creo que es porque, como me dice mi abuela Puri, soy muy guapo porque le he salido a su hija (mi madre) y quieren que la gente me vea para presumir. Aunque, si soy tan guapo, no sé por qué sólo me lo dice mi abuela y nadie más. Y tampoco sé por qué todas las niñas del colegio van detrás de Íñigo y a mí casi ni me saludan. Sólo Marita me hace algo de caso. Y mi padre, cuando mi madre le dijo que me tenía que ver alguien, le contestó que sí, que llevaba razón. Pero, ¿quién tenía que verme? ¿Y por qué?

El súper salto quedó descartado como súper poder, ya que sólo conseguía grandes saltos cuando tenía un colchón y no podía ir por la vida siendo un súper héroe con un colchón a cuestas. ¿Cómo me iban a llamar? ¿Súper Somier? ¿Súper Muelles? No, eso no era un nombre serio para un súper héroe. Así no me iban a respetar ni los villanos más cutres.

Pensé que igual no hacía falta que mi súper poder fuera algo relacionado con correr mucho, saltar un montón o ser muy forzudo. Tal vez fuera algún poder mental. Y recordé lo que mi madre me dice siempre cuando quiero algo y le insisto durante horas.

—Hijo, eres muy pesado. No sé cómo puedes ser tan

pesado.

Así que pensé que igual tenía "súper pesadez", lo que me pareció genial porque no conozco a ningún súper héroe que tenga ese súper poder. Os doy un ejemplo de mi súper pesadez: cuando era un poco más pequeño e iba al supermercado con mi madre y quería que me comprara chuches, nada más entrar comenzaba:

—Mamá, quiero una chuche, quiero una chuche, mamá, quiero una chuche.

Y así todo el rato. A veces, de tanto repetirlo, me liaba y decía.

—Chuche, quiero una mamá.

Y al final mi madre, para que me callara, me la compraba. Pero pronto me di cuenta de que la súper pesadez es un súper poder muy lento y cada vez menos efectivo. Por ejemplo, para conseguir que mi madre me compre un balón nuevo puedo necesitar quince días detrás de ella pidiéndole el balón. Si un súper villano va a darle a un botón rojo muy grande para destruir el mundo con una bomba mega potente no tengo quince días para convencerlo con mi súper pesadez de que sería mejor que no le diera al botón (y de que, ya puestos, me compre algo en el súper). Además, creo que ahora que me he hecho mayor se me está yendo del cuerpo este súper poder. Hace dos años podía convencer a mi madre de que me comprara lo que quisiera en una semana. Pero últimamente tardo más para casi todo. Por ejemplo, para que me compren la nueva consola llevo insistiendo ya como un año, y por ahora mi súper poder no ha logrado resultados. También llevo años pidiendo que me compren una serpiente pitón desde que supe que existían serpientes tan grandes, hace ya unos años y lo más que he logrado es que me regalen un libro con fotos de reptiles, que, la verdad, no es lo mismo.

Escribí una carta a la Asociación Nacional de Superhéroes, la A.N.S, pidiéndoles ayuda para conseguir un súper poder. Pero no me contestaron. Les mandé un mail. Tampoco contestaron. Les escribí una segunda carta. Nada. Después les escribí veinte emails. Y después de eso ya no escribí ninguno más porque por esa época tuve un problemilla con la tablet de mis padres del que ya os hablaré y era imposible escribirles ni a ellos ni a nadie. Así que pensé que si nadie me iba a ayudar a conseguir un súper poder lo debería conseguir por mí mismo. No debía ser tan difícil. Al fin y al cabo muchos súper héroes no nacen con súper poderes, son gente normal a la que de pronto le pasa algo que les da ese súper poder. Por ejemplo, a Spiderman le picó una araña radioactiva. La Cosa sufrió un accidente nuclear. A Camaleón Man le contagió la gripe un camaleón y se convirtió en súper héroe. Yo no quería ser Spiderman II, sino un súper héroe único, nuevo, diferente, pero pensé que no me vendrían mal algunos súper poderes de araña. Así que decidí que debía picarme una araña.

CAPÍTULO 3

YO Y LAS ARAÑAS

En el pueblo tenemos arañas de todo tipo. Desde unas arañas gordas y peludas que se crían cerca del río, entre las sombras de los árboles, a unas con patas muy finitas que se ven en los techos de las casas.

Decidí empezar con las más finitas porque las otras, la verdad, me dan un poco de miedo. Además, no quería que me salieran pelos como a los mayores. ¿Os imagináis que tengo que comenzar a afeitarme con diez años? Así que cogí un tarro de garbanzos vacío y cacé una de estas arañas de patas de alambre que estaba tan tranquila en el patio de mi casa, con su red preparada para merendarse una mosca. Pero antes de permitir que me picara pensé que el picotazo de una araña cualquiera no me iba a transformar en súper héroe. Si así fuera, el mundo estaría lleno de hombres araña. Y que yo sepa sólo hay uno, Spiderman, que últimamente, más que a salvar gente, se dedica a hacer películas todo el tiempo. Así que tenía que conseguir que la araña que me picara fuera radioactiva, como la que picaba a Spiderman. Para hacer a mi araña radioactiva decidí poner el tarro junto a la radio que tenemos en la cocina. No entiendo mucho de radioactividad (bueno, no entiendo nada) pero pensé que si mi araña oía durante unas horas el programa de radio que pone mi madre por las tardes, lleno de gente que se grita todo el tiempo y luego el programa que oye mi padre por las noches, donde la gente también se grita y a veces habla de fútbol, mi araña terminaría radioactiva perdida. Aunque había algo que me desconcertaba. Miré a mi araña con mi lupa de detective y no le veía las orejas por ningún lado. Pero pensé que algún agujero tendría por ahí para oír la radio.

Así que por la tarde encendí la radio de la cocina mientras mi madre trabajaba en su despacho y puse el tarro con mi araña al lado. Al principio no parecía que el programa le gustara porque intentaba subir para escaparse. Pero al poco ya le interesó, porque se quedó quieta, escuchando. Así que me fui a jugar al patio y entonces oí un grito de mi madre. Y después, cómo me llamaba.

—¡¡Francisco José!! ¡Ven aquí ahora mismo! —me gritó. Y fui a la cocina, donde me la encontré un poco nerviosa.

—¿Qué es esto? —dijo señalando el tarro.

La verdad es que los mayores a veces tienen problemas para distinguir cosas que están muy claras.

—Un tarro con una araña dentro —le dije. —¿Es que no lo

ves?

—¿Y lo has puesto tú ahí?

—Sí, claro. No querrás que lo ponga la araña sola, y más estando atrapada en el tarro.

—¿Y para qué?

Ahí ya no podía seguir diciendo la verdad, porque una de las principales reglas para un súper héroe es no decirle a nadie que lo es. Sobre todo a los padres, que seguro que preferirían un hijo arquitecto, parado o futbolista antes que un hijo súper héroe. Pero tampoco sabía qué decirle a mi madre sobre la araña en el tarro.

—Ea —contesté, porque fue lo primero que se me ocurrió.

—¿Ea? ¿Qué quieres decir con eso de ea?

—Pues… eso, que … que ea.

—¿Eso es todo lo que tienes que decir?

—No, hay más cosas que quiero decirte: ¿puedo comerme otro helado?

—No. Castigado sin helados. Y ya hablaremos tú y yo cuando venga tu padre.

—Si quieres podemos hablar ya tú y yo. ¿Para qué

necesitas esperar a que venga papá? ¿Te hace falta que esté él para que hablemos tú y yo? Además, igual se enfada si hablamos los dos y no dejamos que él diga nada y…

Pero mi madre no aguantó más mis sabias palabras y me interrumpió.

—¡¡Cállate, que me pones de los nervios!!

—¿Seguro?

—¿Cómo que seguro? ¿No me estás viendo?

Y sí, se la veía un poco nerviosa.

—Mamá, ¿te puedo preguntar una cosa? —dije, aunque la veía nerviosa.

Por la forma en que me miró pensé que no tenía muy claro si le podía preguntar algo. Pero como tardó en reaccionar yo aproveché y le pregunté.

—Mamá, si tú fueras una villana malísima, que no digo yo que lo seas, eh, y decidieras atracar un banco y entonces llegara yo y comenzara a hablarte y a hablarte y te pusiera de los nervios, no podrías atracarlo, ¿verdad?

Mi madre suspiró mucho, como si fuera una pelota que se desinfla, me miró como triste y dijo:

—Sí, será mejor que hablemos cuando vuelva tu padre.

Y se llevó a mi araña al patio, donde no sé muy bien qué pasó entre ellas porque ya nunca más vi a la araña. O igual la vi y no lo sé, porque todas se parecen un poco. Y después mi madre se encerró en la habitación dónde tiene su despacho y hace una cosa que ella llama "tele–trabajar", aunque no trabaja en la tele. Un día os intento explicar qué es lo que hace exactamente. El día en que yo lo comprenda porque, la verdad, aún no he terminado de entenderlo.

Pensé que "sacar de los nervios" podría ser un súper poder, pero me parecía a mí que sólo era útil con mi madre, así que no servía, a no ser que ella se convirtiera en una súper villana y yo tuviera que combatirla. (Entre nosotros, hay días en los que esto de que mi madre se convierta en súper villana me parece posible). Lo que estaba claro era que no iba a ser fácil conseguir un súper poder, y por lo tanto, convertirme en súper héroe. Así que decidí hacer algo que yo suelo hacer mucho: comenzar la casa por el tejado. Y con esto no quiero decir que decidiera hacerme albañil ni constructor, que, como ya os he dicho, lo que yo quiero ser es súper héroe.

CAPÍTULO 4

COMENZANDO LA CASA POR EL TEJADO

Yo tenía una lista para mi proceso de convertirme en súper héroe. Este era el orden:

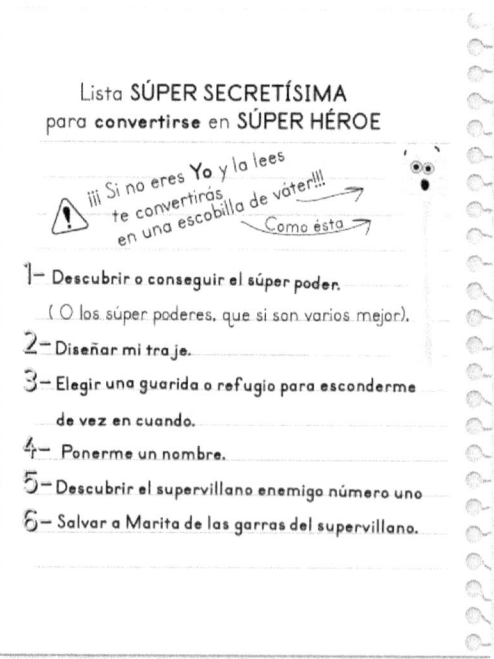

Si en lugar de garras el villano tiene manos también sirve. Marita es mi novia. Bueno, ella no sabe que lo es. Se lo tengo que decir un día de estos, pero no lo hago por si no le parece buena idea eso de ser novia mía. Creo que me ayudaría que Marita se enamorara de mí, pero yo no sé cómo se enamora a nadie. No son cosas que nos enseñen en el cole. Tenemos Matemáticas, Conocimiento del medio. Pero no Enamoramiento. Sólo sé que los súper héroes siempre enamoran a alguien. A veces enamoran a alguien y luego lo salvan y otras lo salvan y entonces lo enamoran. Esto es como las sumas. El orden de los sumandos… el orden de los sumandos. Bueno, ahora no me acuerdo bien, pero lo que quiero decir es que al final te sale igual sumar tres más cuatro que cuatro más tres. Siempre te da siete menos a mi amigo Julito, que se le dan fatal las sumas e igual le puede dar catorce. La cuestión es que yo no soy experto en enamorar a nadie. Las niñas de mi clase se suelen enamorar de Íñigo o de los que son muy guapos, o juegan muy bien al fútbol o al baloncesto. En fin, de los que se les da muy bien algo. Pero yo, lo que es "bien–bien", no hago nada. Hay cosas que las hago regular, otras "regular–mal" y otras ni las hago porque no me gustan. Y el fútbol no es de lo que mejor se me da, así que, como ya os he dicho, cuando hacen equipos siempre me eligen el último. O el penúltimo, porque menos mal que están mis amigos Julito y Rufo y a veces son ellos los últimos. Si no fuera por ellos, yo no sé qué haría. Es genial tener amigos tan torpes.

Mi lista tenía varios problemas. Así que hice una segunda lista con los problemas de mi lista. La llamé "Lista 2, con los problemas de mi lista 1". Es esta:

Lista 2

Lista también SÚPER SECRETÍSIMA con los **problemas de la LISTA 1**

⚠️ (Si no eres yo y la estás leyendo es que eres una escobilla del váter que ya ha leído la LISTA 1. Y yo te pergunto:

¿DESDE CUÁNDO **SABEN LEER**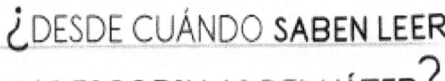

LAS ESCOBILLAS DEL VÁTER?

1— Un buen súper héroe siempre necesita villanos para derrotarlos. Pero **mi pueblo sólo tiene 2.500 habitantes,** más o menos (algunos no paran de entrar y salir y así no hay quien lo sepa exactamente porque para contarlos se tendrían que quedar quietos y todos no iban a querer). Y **no sé yo si con tan**

→

Lista 2

Lista **también** SÚPER SECRETÍSIMA con los **problemas de la LISTA 1**

(Continuación)

poca gente podría encontrar suficientes villanos.

Y, ¿de qué sirve un súper héroe si no hay

a quién derrotar?

2– El punto 1 de mi primera lista (qué lío, ya m e he

perdido) decía que tenía que descubrir mi súper

poder. Pero podían pasar años hasta que

descubriera cuál podía ser ese súper poder.

Así que **decidí comenzar con el**

PUNTO 2– DISEÑAR MI TRAJE.

CAPÍTULO 5

DISEÑANDO UN TRAJE: ¿CON MÁSCARA O SIN MÁSCARA?

No sé qué os enseñarán en vuestro cole pero en el nuestro cosas como sumar y multiplicar melocotones y manzanas, porque me parece que los maestros se piensan que todos vamos a ser fruteros de mayores. También nos enseñan a decir en inglés que nuestro coche se ha roto, cuando aún no conozco a ningún niño que tenga coche, sólo bicicletas o patinetes. Pero de diseñar y coser trajes de súper héroe, o enamorar a alguien, que es lo realmente interesante, no nos enseñan nada de nada. Así que yo no sabía fabricarme un traje de súper héroe, y claro, tampoco podía comprarlo, porque no podía ir a una tienda del pueblo y decirle a la tendera:

—Doña Marcela, póngame kilo y medio de traje de súper héroe.

Porque aquí nos conocemos todos y se enteraría al momento el pueblo entero de mi secreto. Así que tenía que buscarme una forma más discreta de conseguirme mi traje.

Lo más importante para un súper héroe que no quiera que lo conozcan es llevar una buena máscara. Es cierto que algunos súper héroes no la llevan, como Supermán, que lo más que hace es quitarse las gafas y echarse gomina. Eso está genial, porque en unos segundos te puedes transformar y si te pica la nariz te la puedes rascar sin necesidad de quitarte la máscara. Así que decidí hacer la prueba para ver si yo podía ser súper héroe sin máscara y que nadie me reconociera. Para despistar un poco no me puse mis gafas, sino unas viejas de mi padre, que ya no usa. Después llené una mano con la gomina de mi padre y me la eché en el pelo y sin querer también un poco en la ropa y me fui a la calle, porque en el pueblo, con diez años ya podemos salir a la calle sin que un mayor nos acompañe todo el tiempo. Esto es porque aquí tenemos una cosa que se llama libertad, que los niños de la ciudad no saben lo que es.

Y me fui a la tienda de doña Marcela, que vende comida,

colonias, y un montón de cosas aburridas. Pero también chuches. Mi experimento no comenzó bien. Lo primero es porque las gafas de mi padre me mareaban un poco y no podía andar en línea recta. Tampoco comenzó bien porque al poco de salir de mi casa me crucé con Quintín, el hijo de nuestra vecina Matilde, que me saludó.

–¡Hola Pacopé! ¿Dónde vas con esas gafas?

Quintín es pequeño, sólo tiene seis años, y claro, con esa edad aún no tiene mucho de eso llamado educación, y entonces es simpático con todo el mundo. Luego, cuando la gente se hace mayor y recibe educación, deja de saludar tanto. Yo, como aún estoy medio por educar, como dice mi tía Lali, aún saludo bastante, aunque intento no pasarme.

–No soy Pacopé, Quintín.

Se quedó parado, mirándome fijamente, sin terminar de creerme. Y comenzó a reírse.

–Qué gracioso –dijo. Y se fue.

Parecía que lo de mi disfraz no terminaba de funcionar con los Quintines y tal vez tampoco con otros humanos y tenía muchas dudas.

Eran estas:

MIS DUDAS:

- ¿Me reconocerían?
- ¿La gomina de mi padre saldría luego con agua?
- ¿Le quedarían a doña Marcela tiburones y lenguas, que son mis chuches favoritas?
- ¿Se me pasaría pronto el mareo que me estaba dando llevar las gafas de mi padre?

Pero decidí probarlo también en la tienda de doña Marcela, así que entré y allí estaba doña Marcela, atendiendo muy atareada a dos señoras que compraban alcachofas, judías y ese tipo de cosas que, no sé por qué, siempre compran las señoras. Había tiburones, así que cogí cuatro con las pinzas, los metí en una bolsita y doña Marcela, cuando me vio llegar al mostrador para pagar, me dijo:

—Hola Pacopé. Qué guapo vienes hoy. Mira, ya que estás aquí te voy a dar las berenjenas que me ha dejado encargadas tu madre.

—Yo no soy Pacopé, señora. Y no transporto berenjenas ni ningún otro vegetal.

La mujer se quedó algo parada pero al momento se rio.

—¡Qué bromista este chiquillo! Ten, anda.

Y sacó una bolsa con berenjenas que se suponía yo debía darle a mi madre. Pero como un súper héroe no debe rendirse, aunque yo por entonces aún no lo era, seguí negando ser quien realmente era, o sea, yo.

—Se equivoca usted, señora. Yo no soy ningún Pacopé, soy... soy...

Y ahí me acordé de que todavía no me había puesto ningún nombre de súper héroe y que sin traje ni nada igual sólo parecía un niño que llevaba unas gafas de mayor y mucha gomina. Así que le dejé los veinte céntimos de los tiburones y me fui corriendo.

Cuando llegué a casa mi madre estaba hablando por teléfono. Me puse a espiarla.

—¿Eso te ha dicho? Ya, ya... No sé, lleva unos días que está muy raro... No, no le hemos puesto gafas nuevas... Ya... Tú disculpa, Marcela, ahora bajaré yo a por las berenjenas.

¡Estaba hablando con doña Marcela! ¡Estos mayores! ¿Cómo pueden ser tan chivatos? Mi madre colgó y al verme por el pasillo camino del cuarto de baño me llamó.

—¡Eh, tú! ¡Espera!

Yo no quería esperar, porque tenía que quitarme la gomina del pelo antes de que ella me viera y se diera cuenta. Pero fue imposible llegar hasta el baño sin que ella me detuviera.

—A ver, dime, ¿por qué no has querido subirte las berenjenas de la tienda de doña Marcela? ¿Y... y esa gomina? ¿Y esas gafas? ¿Son las gafas viejas de tu padre? ¿Pero se puede saber por qué llevas esa pinta?

Yo la miré serio y le dije:

—Estoy estudiando muy seriamente cambiar mi imagen. O mi *look*, que decimos en inglés. Creo que necesito modernizarla. O envejecerla, no sé.

Eso la dejó callada por unos segundos. Pero pocos, por desgracia.

—Ven, anda, que te voy a quitar eso del pelo.

Y me llevó al cuarto de baño y me hizo arrodillarme en la bañera y con la ducha me quitó la gomina y ya no me dijo nada más pero luego, cuando vino mi padre se metieron los dos en el despacho de mi madre y ella cerró la puerta y comenzaron a hablar en voz baja, como hacen los adultos cuando hablan mal de otros adultos. En cambio, cuando hablan mal de los niños siempre lo hacen en voz alta o gritando. Así que pensé que podían estar hablando mal de algún tío o algún vecino. O de ellos mismos, con los mayores nunca se sabe.

Al menos toda mi pequeña aventura me había servido para asegurarme de que necesitaba una máscara. Estaba claro que no podía ir sin máscara como va Supermán, al menos en mi pueblo. Porque aquí todo el mundo me conocía, por mucha gomina que me echara en el pelo. Había llegado el momento de fabricarme mi propia máscara, una máscara que le diera un montón de miedo a cualquier villano que se cruzara en mi camino. Y si también le daba miedo a Íñigo y a alguno de sus amigos, mejor.

CAPÍTULO 6

FABRICANDO MI MÁSCARA

En mi casa hay un baúl que se llama el baúl de los disfraces. Y como su propio nombre indica, está lleno de disfraces. (Sí, a veces no somos muy originales poniendo nombres a las cosas). Y os preguntaréis: ¿por qué tenéis un baúl de los disfraces?

Y si no os lo preguntáis, me lo pregunto yo mismo:

—Pacopé, ¿por qué tenéis un baúl de los disfraces?

Y ya puestos, me contesto yo mismo también.

—Porque en mi pueblo el carnaval es una fiesta muy importante, que dura una semana y cada día hay que disfrazarse de algo distinto y hacen falta muchos disfraces para ello. Y los guardamos todos en nuestro baúl, que es de lo más genial que hay en mi casa. Durante esa semana hasta los padres se disfrazan, y no me refiero a esos vestidos horribles que se ponen en las bodas, sino a disfraces de verdad, chulos. Así que en todas las casas del pueblo hay un montón de disfraces.

Mi padre y sus amigos casi siempre se disfrazan de mujer porque a todo el mundo le hace mucha gracia ver a los hombres vestidos de mujer. A mí ver a mi padre y sus amigos con faldas y tacones y pelucas y poniendo voces raras no me hace gracia. Más bien me da vergüenza, pero se lo pasan tan bien los pobres que me da pena decirles nada.

Así que, sin que mi madre se diera cuenta, porque no le gusta que me disfrace cuando no es carnaval, me fui al garaje a buscar algo en el baúl de los disfraces. ¡Y encontré varias máscaras! Había una de un presidente de esos de la política. No me servía. ¿Quién iba a confiar en un súper héroe disfrazado de político, cuando todo el mundo siempre está hablando mal de ellos? Otra de un cerdito. ¿Súper cerdito? No, esa máscara tampoco me servía. Y no encontré ninguna máscara más, sólo trapos y más trapos: ropas doradas para disfrazarse de faraones, verdes para el traje de duende o de Robin Hood, gorros de Papa Noel, arcos de juguete.

Estaba claro que debía hacerme mi propia máscara. ¿Pero

cómo? En el colegio nos han enseñado las guerras que hubo en el país, que las flores tienen una cosa llamada pistilo, pero de hacernos máscaras, ¡nada de nada! Pensé que las máscaras buenas están hechas de goma, así que necesitaba eso, goma. ¿Qué hay en las casas de goma? Las gomas del pelo, las de borrar... ¡y los guantes de goma!

Me fui a la cocina, donde se guardan las cosas de limpiar y cogí una bolsa con un par de guantes nuevos. Me metí con ellos en el cuarto de baño y eché el pestillo. Intenté meter mi cabeza en un guante para luego hacer los agujeros de los ojos y de la boca y de los oídos. Pero sólo conseguí meter la parte de arriba de la cabeza, donde está el pelo. Me miré en el espejo. Parecía que tenía cresta, como los gallos, pero despistar despistaba algo, porque me tapaba hasta las cejas. Si le añadía un toque más sería imposible reconocerme. Pero, ¿qué toque?

Me probé las gafas de sol de mi madre, unas gigantes que la hacen parecer, más que una madre, una mosca con piernas. Son tan grandes que me tapaban toda la cara. Pero decidí no cogérselas prestadas porque a mi madre le gustan un montón esas gafas (no sé yo bien por qué) y si terminaban destruidas en mis aventuras de súper héroe tendría problemas con ella.

Entonces pensé que yo tenía unas gafas mejores y me fui al cuarto donde mis padres guardan las cosas de verano durante el invierno y las de invierno durante el verano. Cuando es otoño y primavera se hacen un poco de lío y no saben bien dónde hay nada. Y allí estaban mis gafas de bucear muy profundamente, unas gafas rojas con un cristal que desde fuera se veía como un espejo amarillo, y que me tapaban los ojos y la nariz. Con eso y mi "guante–gorro" nadie podría reconocerme. Es cierto que si me picaba la nariz tendría que levantar un poco las gafas para rascarme y que si estornudaba y se me salía algún moco se quedaría dentro de las gafas, pero se cumplía la principal función de una máscara: que no te conozca nadie.

Ahora me quedaba el resto del traje. Cogí del baúl de los disfraces una capa roja de torero para que, anudada a mi cuello, sirviera de capa de súper héroe. La verdad es que las capas de súper héroe no sirven para nada, pero quedan bonitas cuando vuelas. Y si no vuelas, cuando corres muy rápido.

Y aún necesitaba algo más para cubrir todo el cuerpo, porque no podía ir de súper héroe en calzoncillos, sólo con la capa y la máscara. Ni tampoco en vaqueros. Así que seguí buscando y de pronto encontré algo que me vendría genial: ¡Allí estaba mi mono de neopreno!, el que mi madre me pone cuando me lleva en verano al curso de natación. Natación y tortura, mejor dicho, porque el agua está tan helada que cualquier día tendremos que ir con martillos a romper el hielo para poder meternos. (Esto es una súper exageración, una cosa que hacemos mucho los súper héroes, súper exageramos). Es cierto que el agua de la piscina no está tan fría, pero yo siempre salgo tiritando y cuando llevaba aparato en los dientes me chocaban los de arriba con los de abajo y también el metal del aparato y salían chispas y provocaba incendios. ¡Vale, vale, igual ahora también estoy súper exagerando un poco!

Así que, aunque aún no había conseguido ningún poder, ya tenía completado mi traje de súper héroe. El neopreno, que hasta ahora me había protegido del frío y de los mosquitos, que son unos pequeños villanos, podría protegerme ahora de mis futuros enemigos. Y me lo puse. ¡Mi traje estaba genial! ¡Era el mejor traje de súper héroe que había tenido nunca!

Bueno, es cierto que también era el único traje que había tenido. Por fin había cumplido otro paso de mi lista. Como seguía sin saber cuál era mi súper poder, decidí continuar con el paso siguiente:

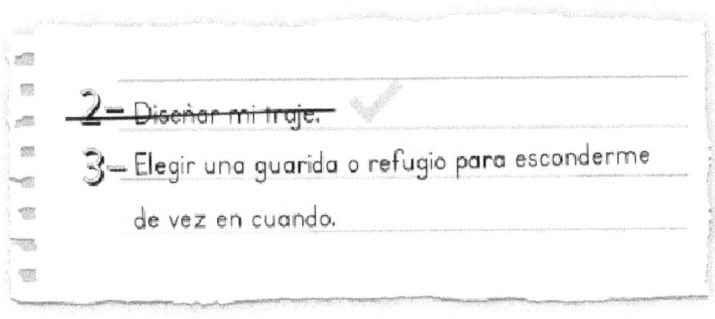

2- Diseñar mi traje. ✓

3- Elegir una guarida o refugio para esconderme de vez en cuando.

CAPÍTULO 7

¡BUSCANDO UN REFUGIO SÚPER SECRETO! (LA VERDAD, NO DEBERÍA CONTAROS ESTO)

…Pero os lo voy a contar. Es que eso de callarme cosas me cuesta mucho, y como no creo que vosotros vengáis nunca por mi pueblo, y además no pienso deciros que vivo en Fuente Chopo… Vaya, ya os lo he dicho. Pero por favor, no se lo contéis a nadie.

Todos los súper héroes tienen una guarida más o menos secreta. En mi país, por ejemplo, Súper Tufo tiene una bolsa de plástico muy grande donde lo mete su mujer cuando echa mucha peste. No es que sea exactamente una guarida, pero es su refugio. Batman tiene la baticueva, que es, como su propio nombre indica, una cueva con forma de batidora. Bueno, creo que se llama así porque en inglés, como nos dijo un día nuestra profesora de inglés, los murciélagos se llaman "bat". Pero eso no quiere decir que en la baticueva no haya batidoras. Bueno, que me lío. La cuestión es que todos los súper héroes tienen una guarida y yo también necesitaba una. ¡Y aunque parezca increíble, ya la tenía!

Unos meses antes, cuando Julito y yo quisimos ser detectives, decidimos buscarnos un lugar secreto por si nos atacaban los enemigos. Y lo encontramos. Pero después de un mes como detectives nadie nos encargó que resolviéramos ningún crimen, tan sólo un día la hermana de Julito perdió su hámster e investigamos. El principal sospechoso fue el gato de Julito, Mechas, pero no pudimos probar nada ya que el gato no confesó. Así que al final cerramos nuestra agencia de detectives. Pero el refugio seguía existiendo, y era genial. Estaba en un gran corral que tiene un señor mayor del pueblo, el señor Ernesto. El señor Ernesto está jubilado y se pasa el día dando vueltas con su furgoneta, recogiendo electrodomésticos viejos, coches abandonados… Y todo lo ha metido en el corral. Dice que cuando el hierro y el acero se acaben en todo el mundo él podrá vender su chatarra a un precio muy bueno.

En el corral hay muchas lavadoras viejas, frigoríficos rotos, varios coches y furgonetas muy muy antiguos y hasta un tractor. Están todos amontonados en el patio y entre tanto cacharro Julito y yo encontramos una lavadora a la que le habían quitado el motor y el tambor. Si te metías por la puerta transparente de la lavadora pasabas al otro lado.

Y si tras eso gateabas durante unos metros llegabas a una especie de habitación que se había formado entre todo el montón de chatarra. ¡Era nuestra habitación secreta, el cuartel general! Por arriba entraba alguna luz entre los electrodomésticos apilados y además nosotros pusimos una linterna colgando del techo. Y teníamos un frigorífico que nos servía de armario y un microondas que servía de mesa.

Era un refugio genial y ahora que ya no éramos detectives podía usarlo como guarida. Pero para ello tenía que evitar que Julito fuera por allí y descubriera mi secreto. Así que decidí decirle que había visto en nuestro escondite algo que Julito teme más que un examen sorpresa o que un monstruo. Y eso es el ornitorrinco. El ornitorrinco es un animal un poco raro que vive muy lejos. Tiene pico de pato y pone huevos, como las aves, pero luego le da de mamar a sus hijos, como los mamíferos. Y aunque Julito sólo los ha visto en fotos y en la tele, le dan pánico y sólo con decirle "Ornitorrinco" sale corriendo. Así que utilicé ese miedo suyo.

—Julito, ¡no te lo vas a creer! ¡He visto un ornitorrinco en el refugio!

Y no, no se lo creyó. Al menos al principio.

—Los ornitorrincos viven en Australia, así que no puedes haber visto ninguno —me dijo.

—Lo sé, pero lo vi. Igual don Ernesto ha comprado alguna

furgoneta que estuvo por Australia, dentro había un huevo de ornitorrinco y ha crecido en el corral.

Eso dejó a Julito un poco pensativo. La cuestión es que le dije que se viniera a comprobarlo.

—No —me dijo —que tengo que hacer los deberes.

¡Los deberes! ¡Julito siempre prefiere cualquier cosa antes que hacer los deberes! Pero estaba claro que ya no le apetecía ir al corral. Y ya nunca más pidió que fuéramos a nuestro antigua oficina de detectives, así que decidí que ese sería mi refugio súper secreto. Y ahora, ni se os ocurra decírselo a nadie.

Ahora tocaba el siguiente paso de mi plan. Debía encontrar a mi archienemigo, al más villano del pueblo, al más malvado. Y si no lo encontraba, por lo menos tenía que dar con alguien un poco gamberro. Y pararle los pies. Las manos igual también se las paraba.

CAPÍTULO 8

CÓMO DECIDÍ QUIÉN IBA A SER MI ARCHIENEMIGO Y OTRAS COSILLAS

En el pueblo, para los pocos que somos, hay unos cuantos villanos. Por ejemplo, tenemos un maestro que se llama don Edelmiro, aunque nosotros le decimos "El Sorpresas", por lo mucho que le gustan los exámenes sorpresa. Si alguna vez llego a ser ministro pienso prohibir los exámenes sorpresa. Y a don Edelmiro igual lo prohíbo también, según me levante ese día.

También está el conserje del colegio, Marín, que nunca nos deja jugar en los pasillos, ni en el gimnasio, ni en la biblioteca, sólo en el patio del recreo, donde estamos todos más apretados que las ovejas de mi amigo Baldo en su corral. Marín es también quien le da al timbre del patio para decirnos que se acaba el tiempo de recreo y siempre nos roba minutos de recreo, alrededor de dos minutos cada día, lo que hace diez minutos a la semana, cuarenta al mes y al año... A ver, cuarenta, por nueve trescientos sesenta... Y eso lo divides entre sesenta y te sale... ¡Seis horas de recreo menos cada curso! Es que lo escribo y me enfado.

Pero aún así Marín, o don Edelmiro, son villanos de poca monta. Un buen súper héroe necesita a un villano a su altura, alguien malvado, sin escrúpulos y con un buen nombre de malvado. No sé, algo así como "Mister Sanguinario", o "El Destrozacabezas".

Fijándome en la gente que estaba en el cole encontré un candidato a villano: Íñigo, que siempre me elegía el último para jugar al fútbol, al escondite y a cualquier cosa a la que jugáramos. Y en eso estaba pensando, en nombrar a Íñigo como villano oficial cuando se acercó hasta mí Pedrito el Tremendo. Pedrito mide más del doble que cualquiera de nosotros (sí, es otra súper exageración). Pero la verdad es que no sé por qué le decimos Pedrito, si es más alto que nadie en la clase. Yo le habría llamado Pedrazo. Le decimos lo de "el tremendo" porque un día le dio un bofetón a Quique el Comemocos (no os voy a explicar por qué lo llamábamos así pero os lo podéis imaginar) y cuando le preguntamos a Quique qué opinaba de la experiencia que acababa de vivir, nos dijo:

—Tremenda, ha sido tremenda.

Y debía serlo porque las manos de Pedrito son tan grandes que si te pone una sobre la cara te tapa toda la cabeza.

Pedrito me dijo un día:

—Dame medio bocadillo.

Si un niño escuchimizado de segundo o tercero de primaria te pide bocadillo le puedes decir:

—Y unas narices. No te doy nada.

Pero si te lo pide Pedrito es difícil negarse. Así que una vez más le tuve que dar de mi bocadillo. Y cuando lo hice me dijo:

—Y mejor que no se lo digas a nadie.

Y se fue tan contento, comiéndose mi medio bocadillo. Pero él no sabía que yo le iba a dar un escarmiento por quitarle bocadillos a todo el mundo. Es cierto que aún era un súper héroe sin súper poderes, pero usaría mi súper inteligencia. O mi inteligencia a secas.

CAPÍTULO 9

CÓMO FUI A DARLE UN ESCARMIENTO A PEDRITO Y CASI ME CARGO A "THE PEONZ"

Mi pueblo comienza en las faldas de una montaña y todas las calles están cuesta abajo. O cuesta arriba, según donde estés tú. Pedrito vive arriba del todo y a veces, para ir a la escuela, llega a toda velocidad en una bici que no tiene frenos y derrapa en la puerta del colegio. Es arriesgado pero Pedrito es así, un poco loco. Él y muchos de los que viven por la parte alta del pueblo. Los que vivimos por abajo pensamos que los de arriba son así porque por allí sopla mucho el viento y eso no es bueno para la cabeza (a no ser que te quieras secar el pelo en la calle).

Yo tenía que trazar un plan para pararle los pies (y la boca con la que se comía los bocadillos) a Pedrito. Un súper héroe normal aparecería por sorpresa ante él para decirle que como volviera a robarle el bocadillo a algún niño recibiría su merecido y después de asustarlo un poco habría desaparecido.

Pero si yo hacía algo así corría el riesgo de que Pedrito me hiciera comerme el guante de goma, las gafas de bucear y probablemente también la capa. Y a mí, la verdad, aparte del jamón, los macarrones, las pizzas y los helados, no me gustan muchas más cosas. Estaba claro que tenía que usar mi súper inteligencia.

Así que un día le pedí a mi madre que me hiciera el bocadillo de jamón, que era el preferido de Pedrito. Y después cogí unas pastillas que toma ella cuando no puede ir al baño a hacer lo que se hace en el baño (a hacer caca, para que nos entendamos) y las hice trozos muy pequeños y los metí entre el pan. ¡Pedrito se iba a pasar el día en el baño haciendo caca cuando se comiera la mitad de mi bocadillo! Y entonces le mandaría una carta diciendo que le había pasado eso porque un súper héroe (o sea, yo), lo había castigado. Igual no era el mejor plan del mundo pero es que estaba comenzando en el mundo de los súper héroes y todavía me quedaba mucho por aprender.

Y cuando llegó la hora del recreo me acerqué a donde estaba Pedrito y me puse a pasearme con el bocadillo en las manos.

—Qué rico está hoy mi jamón —dije en voz alta.

Pedrito me miró extrañado.

—Pero si aún no lo has probado.

Y era cierto, aún llevaba el bocadillo envuelto en papel de aluminio.

—Eh, bueno, no, pero mi madre me dijo que estaba muy bueno.

—Las madres siempre dicen que todo lo que ponen en los bocadillos está muy bueno. Pero no siempre lo está —me contestó Pedrito, muy sabiamente. La verdad es que no podía más que darle la razón.

Le quité el papel de aluminio a mi bocadillo, para que Pedrito pudiera ver las lonchas de jamón asomando entre el pan.

—Ummm, qué buena pinta. ¿Hoy no me vas a quitar bocadillo, Pedrito? —le pregunté.

—No, hoy yo tengo el mío —me dijo muy contento. Y me mostró un bocata muy grande que asomaba del bolsillo del abrigo.

—¿Y los otros días no tenías?

Y se puso colorado e hizo que no con la cabeza.

—¿Y por qué no tenías bocadillo? —le pregunté. —¿Se te olvidaba?

—No, por nada —me contestó, cada vez más colorado.

Pedrito no sabía que yo tengo el poder de súper preguntar, así que no me callé.

—Por algo sería, ¿no? Que llevas semanas quitándole el bocadillo a todo el mundo. Y digo yo que si hubieras tenido bocadillo no le habrías quitado a nadie, ¿no? Porque no tendría sentido...

—¡¡Calla!! —me dijo agobiado por mi súper poder.

Y me callé. Y entonces, cuando yo llevaba un poco de tiempo callado, habló él, mirando al suelo, como si le diera vergüenza el hacerlo.

—No traía bocadillo porque... porque en mi casa no tenemos mucho dinero últimamente para bocadillos. Ni para nada. Ni siquiera para ponerle frenos a mi bici.

Yo no lo comprendía bien, porque pensaba que todo el mundo tenía dinero para esas cosas.

—¿Pero cómo no vais a tener dinero ni para comprar comida? —le pregunté.

—¡Pues no teniendo! ¿O es que eres tonto? Mis padres no encuentran trabajo desde hace mucho y hay que pagarle todos los meses a un banco para que no nos quite la casa. Así que hasta que no juntan cada mes dinero para pagarle al banco, no pueden comprar casi comida y comemos lo que nos da mi abuela, que tiene una pensión.

—¿Y no podíais pedirle dinero o comida a la gente? —le pregunté sin terminar de creerlo.

—No, porque mis padres no quieren que nadie sepa que no tenemos dinero ¡Ni yo! ¡Así que no le digas esto a nadie o te casco!

—Vale, vale, no digo nada… Y ahora, ¿por qué ya tienes bocadillo?

—Porque a mi padre por fin le ha salido un trabajo. Lo han contratado en las canteras y le han adelantado algún dinero. Así que ahora ya podemos comprar comida y pagarle al banco.

—Entonces, ¿no quieres de mi bocata?

—¿Para qué? Tengo el mío.

Y sacó del bolsillo de su abrigo su bocadillo, largo como un brazo, y se puso a darle unos bocados tan tremendos como él.

—¿Y por qué quieren quitaros los del banco la casa? ¿Es que ellos no tienen casas?

—Prasques deros y nosques bisques dan —dijo Pedrito, o algo así, porque con la boca llena no había quien lo entendiera.

—¿Cómo dices? —le pregunté.

Pedrito terminó de masticar, tragó, y volvió a explicármelo.

—Sí, tienen muchas casas. Pero si no les pagas lo que les debes te quitan la tuya.

—¿Y qué hacen con ellas?

—Tener más casas. Les gustan mucho, creo. Tienen un montón ya.

Y siguió comiéndose su bocadillo. Yo miré el mío. Estaba relleno de trocitos de pastillas de las que te ayudan a hacer caca. Pensé en quitárselas, pero, ¿y si me dejaba algún trocito y me daba diarrea? Y me puse a pensar que tal vez pudiera imitar a Pedrito y pedirle bocata a alguno de los de primero o segundo de primaria, porque si no me iba a quedar con hambre. Pero decidí que mejor pasar un poco de hambre, porque un súper héroe no puede hacer cosas que estén mal. Así que volví a liar el bocadillo en el papel de aluminio y lo tiré a la papelera. Y entonces, cuando acababa de tirarlo, me vio la seño Natalia, la profesora de inglés, a quien nosotros llamamos "The Peonz", que quiere decir "La Peonza", porque es muy estrechita por las piernas, luego se hace muy redonda y luego va encogiendo y cuando nos está explicando algo anda de un lado para otro y da muchas vueltas. Vamos, igual que una peonza.

—¿Qué haces tirando el bocadillo a la papelera? —me preguntó The Peonz.

Yo no sabía qué decirle, así que improvisé como pude.

—Yo… es que no tengo hambre, seño.

—¿Ni para haber comido ni un poco? Que esto está sin tocar.

—No…

—¿Qué pasa? ¿Estás enfermo?

—No, no, estoy bien.

—¿Entonces qué pasa? ¿El bocadillo es de queso o de fuagrás? ¿Lo tiras por eso?

—No, es de jamón.

Se quedó un poco extrañada. Y metió la mano en la papelera y sacó mi bocata.

—¿No te han dicho tus padres que la comida no se tira? ¡Y menos el jamón!

—Sí… Y también me han dicho que hay gente que pasa hambre, y que si no como no creceré y me quedaré muy pequeño. Y muchas más cosas. En mi mochila tengo una lista, si quiere se la leo.

—No, no hace falta. Ya hablaré yo con ellos. Y esto se lo echaré a mis perros.

Y se llevó mi bocadillo.

Después, a última hora, nos tocaba clase de inglés con ella pero vino el director a decirnos que la seño Natalia se había puesto mala y se había tenido que ir al médico. Me parece a mí que sus perros nunca se comieron mi bocadillo sino que "The Peonz" lo devoró, o como ella dice, lo "eat".

Y ese día no sólo me quedé sin bocadillo para el recreo.

También sin enemigo, porque, ¿cómo iba a ser mi súper rival malvado un niño que robaba bocadillos porque tenía hambre? Así que me tenía que buscar otros enemigos. Seguía estando Íñigo, pero en realidad él no era malvado, sólo que me caía mal, así que no me servía. Además de buscar un malvado también tenía que buscarme un nombre. Y unos súper poderes. La verdad, esto de ser súper héroe estaba resultando muy complicado. Y porque no sabía lo que estaban preparando mis padres…

CAPÍTULO 10

MIS PADRES VAN AL PSICÓLOGO (Y NO SÉ POR QUÉ ME LLEVAN A MÍ CON ELLOS)

Aquel día mis padres estuvieron muy simpáticos conmigo. O sea, algo raros. En cuanto mi padre llegó del trabajo decidieron pesarse en la báscula del baño. Y me dijeron que me pesara yo también. Después, durante la cena, no hacían más que mirarme mientras comía y me dejaron tomar postre dos veces (postre de verdad, yo la fruta la meto dentro de la categoría de cosas que se pelan antes de comérselas, pero no dentro de la categoría de postre). Y me preguntaban todo el rato si tenía hambre.

Y ya cuando yo estaba terminando se miraron, como si me quisieran decir algo y ninguno se atreviera. Y al final, como casi siempre en estos casos, fue mi madre la que habló.

–Francisco José, hemos pensado que deberíamos ir al psicólogo –me dijo. ¡Ah, no os había contado por qué me llamo así! La cuestión es que mi padre quería que me llamara Francisco, como su padre, mi abuelo Francisco, y mi madre quería que me llamara José, como su padre. Y terminé llamándome como los dos. Soy como un acuerdo entre dos naciones que están a punto de llegar a la guerra pero al final logran un acuerdo. Pero al final casi todo el mundo me llama Pacopé, que es más corto y cansa menos de decir. O sea, como si la guerra la hubiera ganado una tercera nación que ni sabía que estaba metida en ese lío. ¡La nación de los Pacopés o Pacopepes!

–La verdad es que yo no os lo quería decir, pero sí, no estaría mal que fuerais al psicólogo –le respondí a mi madre.

Ellos se miraron extrañados.

–Queremos ir contigo –dijo mi padre.

–Bueno, si queréis que os acompañe os acompaño. Así puedo ayudar explicándole al psicólogo vuestros problemas.

Ellos se miraron sin saber qué decir.

–Tú… ¿tú piensas que nosotros tenemos problemas? –

preguntó por fin mi madre, algo inquieta.

—Claro. Si no, ¿para qué ibais a querer ir al psicólogo? —dije.

Se les veía nerviosos, sin saber qué decir. Normal que quisieran ir al psicólogo.

—¿Y se puede saber qué problemas piensas que tenemos? —preguntó mi padre, un poco enfadado, como cuando pierde su equipo de fútbol y mi tío Paco se ríe de él.

—No es que lo piense yo, es que lo decís vosotros. Por ejemplo, mamá dice que es imposible dormir contigo porque roncas, la despiertas a mitad de la noche con tus ronquidos y por eso siempre tiene sueño. También dice que te dejas la ropa sucia tirada en el suelo del baño, que ayudas poco en casa, que hablas más con la abuela Cuca por teléfono que con ella. Y eso que a mamá no la tienes que llamar por teléfono, que está aquí en la casa y te sale gratis hablar con ella.

Mis padres estaban muy callados, y se miraban entre ellos sin saber qué decir. Aproveché que no abrían la boca para seguir hablando.

—Luego tú dices que mamá siempre está regañando. En

eso estoy de acuerdo. También dices que se pasa el día ordenando la casa y que es una maniática, o que siempre critica a la abuela Cuca. Que exagera sus dolores de cabeza, y también…

—Vale, vale —dijo mi madre, como un poco harta —no hace falta que continúes.

—Pero si aún me quedan muchas cosas —dije, algo frustrado.

—Sí, pero con esas son suficientes —contestó papá.

—Sí, estoy de acuerdo, creo que con todo lo que he dicho el psicólogo ya tiene trabajo de sobra.

Y al día siguiente, cuando salí del cole, nos fuimos los tres a la capital, a que la psicóloga viera a mis padres. Por si no lo sabéis los psicólogos son unos señores que a veces llevan bata blanca pero no te miran la lengua ni te ponen termómetros ni inyecciones. Ellos curan cosas de la cabeza, pero no dolores de cabeza, sino cosas como que estás muy triste, o que tienes padres con problemas. O algo así.

En el viaje, de unos cuarenta minutos, papá y mamá estaban serios y no hablaban nada de nada. Así que para alegrarlos un poco les dije que pusieran un cd de esos de canciones infantiles que les gustan tanto a los padres y que cuando somos más pequeños siempre nos están cantando, para ver si terminan por gustarnos a nosotros también. A mí siempre me han aburrido esas canciones pero para no quitarles la ilusión a los pobres hago como que me gustan.

Pusieron el cd pero como los seguía viendo serios les pedí que cantaran conmigo para animarlos un poco. Se les veía sin ganas de cantar pero al final lo hicieron. Y así íbamos por la autopista.

—¡La cucaracha Paca se empacha / y no quiere trabajar más de chacha / y los días en el calendario tacha / Paca la cucaracha!

La verdad, no sé cómo les pueden gustar a los mayores esas canciones con letras tan estúpidas. Después de cantarnos el disco entero llegamos a la capital. Nada más entrar apareció una señora que sonreía mucho, aunque ni yo ni mis padres la conocíamos de antes. Así que pensé que le habíamos caído bien desde el principio o que mis padres le iban a pagar mucho dinero.

—Hola a todos, encantada de recibiros —dijo hablando muy despacito, abriendo mucho la boca, como esos "cuenta cuentos" con ropas de colores que van de vez en cuando al cole o al teatro del pueblo y que yo pienso que son todos un poco tontos, porque ponen voces muy raras, como si en lugar de hablarle a niños le estuvieran hablando a bebés o a hamsters (que son casi tan tontos como los bebés).

Primero pasó sola mi madre, mientras mi padre y yo esperábamos en la sala de espera, que como su propio nombre dice, es para esperar, aunque también podría llamarse la sala de aburrimiento, porque no había tele, ni videoconsola y entre todas las revistas que tenían no encontré ni una sola para niños, y menos algún cómic. Después salió mi madre y pasó mi padre. Y por fin dijeron que entráramos los tres, y yo pensé que era para comentar con la psicóloga los problemas de mis padres.

—Encantada —me dijo la psicóloga.

—¿Quién te ha echado el encantamiento? —le pregunté yo, que a veces puedo ser muy bromista.

—No, que encantada de conocerte.

—Ah, ya. Yo también estoy muy encantado —dije.

—Yo soy Blanca —me dijo la psicóloga.

—Eso está muy bien —dije yo —Algo hay que ser. Yo también soy blanco, aunque en verano me pongo muy moreno. –(Sí, ese día estaba bromista).

Mis padres me miraron serios pero la psicóloga se rió al oírme, aunque era una risa como de un loro que se ha atragantado.

–Bien, Pacopé, ya veo que te gusta hacer chistes.

–No, si hablaba en serio. En verano me pongo muy moreno.

–Ya… Sí, claro. ¿Sabes? He estado hablando con tus padres.

–Hay mucho trabajo por hacer con ellos, ¿verdad? –le pregunté preocupado.

–Eh… bueno, sí, pero para eso estamos aquí.

–Claro. ¿Por dónde quieres que comencemos?

Porque la verdad, con todos los problemas que tienen mis padres teníamos donde elegir.

–Vamos a hablar un poco de ti –dijo.

–Claro… –contesté, aunque no me hizo gracia ver que yo era uno de los problemas que tenían mis padres.

–¿Te gusta el cole? –preguntó.

–No mucho. ¿Y a ti?

—Eh… a mí sí, claro —dijo.

—Pero, ¿aún vas? —pregunté sorprendido —Porque si aún vas eso es que estás repitiendo un montón de años.

—No, ya hace tiempo que no voy.

—¿No vas? Entonces te estarán poniendo faltas de asistencia todo el tiempo. Como sigas así te van a hacer repetir curso de nuevo.

—No, no voy porque ya terminé —me explicó.

—Pues tendrías que ir y ya verías. Seguro que no te gustaba tanto. ¿Sabes que Marín, el conserje, nos roba minutos del recreo? —dije.

—No, no lo sabía.

—¿Y que don Edelmiro nos pone tantos exámenes sorpresa que ya no es ninguna sorpresa?

—No, tampoco lo sabía.

—¿Y que hay días en que nos ponen tantos deberes que me tengo que pasar tres horas haciéndolos y estoy cenando y a la vez haciendo deberes?

—No, no lo sabía.

—Claro, no lo sabes. Por eso dices que te gusta el cole.

—Pacopé, esas cosas no le interesan a la psicóloga —dijo mi madre.

—No, no, déjelo, que me cuente lo que quiera —dijo ella.

—¿De verdad? ¿Puedo contarte lo que quiera?

Y como ella dijo que sí comencé a contarle que mi amigo Julito creyó ver un ornitorrinco por la calle y se asustó tanto que se subió a un árbol y luego le daba miedo bajar así que llamaron a los bomberos, pero como tardaban mucho subió su padre a por él y a su padre también le dio miedo de bajar. O que a Quique el Comemocos , que siempre se está metiendo los dedos en las narices, se le quedó un día un dedo atascado. Después comencé a contarle la historia de los siete hermanos Zabala pero entonces mi padre, que se estaba mirando el reloj algo nervioso y ya se sabía mis historias porque se las he contado como cinco veces o cien, nos interrumpió.

—Esto, Blanca, no es por nada, pero si le deja hablar se puede pasar horas —le dijo a la psicóloga.

—Sí, ya lo veo —dijo ella —Sólo quería verlo expresarse.

—Me expreso mucho —le dije.

—Sí, está claro. Bien, ahora, en lugar de tus amigos,

hablemos un poco de ti. Dicen tus padres que… bueno, últimamente estás un poco revoltoso. Y que has hecho cosas que nunca habías hecho antes.

Y entonces me di cuenta. Mis padres sabían que yo me traía algo entre manos. Sí, sospechaban que me estaba haciendo súper héroe y querían evitarlo y tal vez por eso habíamos ido a la psicóloga. Así que era muy importante que disimulara y los despistara.

—Bueno, igual hago cosas que no hacía antes, es cierto —le contesté—. Pero porque había cosas que sí que hacía antes y ahora ya no hago, así que compenso. ¿Comprendes, Blanca? Por ejemplo, ya no me meo encima, ni me hago caca desde hace al menos siete años. Eso lo hacía antes y ya no lo hago. ¿Ves que ya no llevo pañales? Y ya no me pongo a llorar cuando me quitan los dibujos animados.

—Me refiero a cosas un poco… distintas a lo habitual. Por ejemplo, me han dicho tus padres que te encontraron agarrado a una lámpara.

—Sí… es cierto. Quería limpiarla, para quitarle trabajo a mi madre. Trabaja mucho, ¿sabes? Está todo el día delante del ordenador en su despacho y luego encima tiene que limpiar y hacer la comida. Y siempre le dice a mi padre que no ayuda nada con las tareas. ¿Verdad, mamá?

—Bueno, hago lo que puedo —le dijo mi padre a la psicóloga, como avergonzado.

—Sí que me ayuda —lo defendió mi madre.

—Eso no es lo que dices en casa, mamá —contesté.

—Bueno, podría ayudar más, sí —reconoció mi madre. —Pero no hemos venido a hablar de nosotros, sino de ti.

—Sí, mejor —dijo la psicóloga. —También me han contado tus padres que el otro día te echaste gomina en el pelo.

—Sí. Eso no es malo, ¿verdad? Tú te echas laca como mi abuela Cuca, ¿a que sí, Blanca? —le pregunté. —Porque aquí huele a laca de abuela. Y mi padre se tiñe el pelo para que no se le vean las canas. Hasta las cejas se tiñe. Y mi madre también, para ser rubia. Porque ella es rubia de bote.

—Pacopé, ya está bien, eso no le interesa a nadie —dijo mi madre.

Ahora la psicóloga y mis padres se habían puesto colorados, como si les diera vergüenza teñirse y echarse laca.

—Eh, sí, pero no estamos aquí para hablar de ti, sino de mí… ¡No, quiero decir, vamos a hablar de ti, no de mí! —dijo Blanca.

A la pobre psicóloga se le comenzaba a trabar la lengua, y parecía un poco nerviosa al hablar. Pensé decirle que tal vez ella tendría que ir a la psicóloga, pero, la verdad, ¡ya estaba en la psicóloga!

—Si quieres podemos hablar de ti, que a mí me da igual. O seguimos hablando de mis padres. ¿Te ha contado mi madre que mi padre se deja los calzoncillos sucios por toda la casa? ¡Hasta en la cocina! Y cuando digo sucios es sucios. Y como le dice mi abuela Puri a mi madre cuando le cuenta algunas cosas, mejor si no entramos en detalles.

Ahora los que se habían puesto colorados eran mis padres. Que lo hiciera mi padre lo comprendía, al fin y al cabo quien se deja los calzoncillos sucios en la cocina es él. Pero no comprendía que también mi madre se pusiera roja.

—No, mejor que hablemos de otras cosas. También sé que cazaste una araña y la dejaste en un tarro en la cocina. ¿Querías asustar a alguien?

Sí, estaba clarísimo, mis padres y ella estaban investigando sobre mi búsqueda de poderes. Pero no les iba a dar ninguna pista.

—Sí, claro. Quería asustar a la araña. No veas el susto que se llevó al verse en el tarro de cristal. ¿Tú te imaginas que te metieran en un tarro de mermelada? Te asustarías, ¿verdad? ¿Cuál es tu mermelada favorita?

—Pues… igual la de frambuesa… ¡Bueno, eso no importa ahora! —dijo como un poco enfadada. —A ver, sigamos.

Y así seguimos un rato más, con ella y mis padres intentando descubrir mi secreto y yo despistando. Se me da bien despistar, casi tanto como expresarme. Al final la psicóloga se miraba mucho el reloj y por fin dijo.

—Será mejor que continuemos otro día.

Y mis padres le dieron unos billetes. La verdad, no terminaba de saber por qué. Quien más había hablado allí era yo, de pagarle a alguien me tenían que haber pagado a mí.

Cuando regresábamos al pueblo en el coche mis padres iban callados y serios y no quisieron ni oír su canción favorita: "El puercoespín Fermín". No parecían contentos con la cita con su psicóloga. Yo, en cambio, sí lo estaba. No habían descubierto nada sobre mi carrera de súper héroe. Además, cuando salíamos vi que la psicóloga tenía un cuenco con caramelos en la entrada de la consulta. Le pregunté si podía coger alguno y me dijo que los que quisiera. Así que cogí el cuenco y lo vacié en un bolsillo del abrigo. Mis padres me dijeron que los devolviera, pero la psicóloga, que parecía muy cansada, dijo que daba igual. La verdad, no está tan mal eso de llevar a tus padres al psicólogo.

CAPÍTULO 11

A LA BÚSQUEDA DE UN NUEVO VILLANO

No tenía súper poderes, no tenía nombre, no tenía archi enemigo… Ni siquiera enemigo, sin el "archi". La verdad, mi carrera de súper héroe, que no había comenzado, ya se tambaleaba. Encima mis padres sospechaban algo, cuando mi nueva vocación debía ser secreto total. Y además los caramelos que me había traído de la psicóloga sabían todos a anís, y la verdad, no me gustaban, así que se los eché a Tormento, nuestro gato, que se cree un perro y al que le gusta que lo pasee con collar y cadena por la plaza del pueblo. Él se creerá un perro, pero los perros de verdad siguen creyendo que es un gato y eso a veces nos trae problemas. La cuestión es que tenía que hacer algo sobre mi carrera de súper héroe, algo importante, y había que hacerlo ya. Y cogí y me fui a dormir.

Al día siguiente, pensando en dónde encontrar un enemigo, decidí ir a hablar con "Pedrito el cada vez menos Tremendo", porque me habían quedado algunas dudas sobre su historia con los bancos. Ese día Pedrito volvía a tener bocadillo, uno gigante, y estaba sentado en un rincón, alejado de todo el mundo, igual para que nadie le pidiera un bocado.

—Pedrito, ¿cómo era eso de que los bancos os querían quitar la casa?

—Aspres uf mas bosga...

Me fui un rato a jugar para darle tiempo a que se terminara su bocadillo, porque a Pedrito, comiendo, no había manera de entenderlo. Se ve que no tenía costumbre de hablar comiendo, o de comer en general. Un rato después volví. Estaba casi tumbado en un banco del patio, como esas serpientes que se comen una cabra y después se quedan quietas varios días, intentando digerirla. Entonces me explicó que los bancos funcionan así:

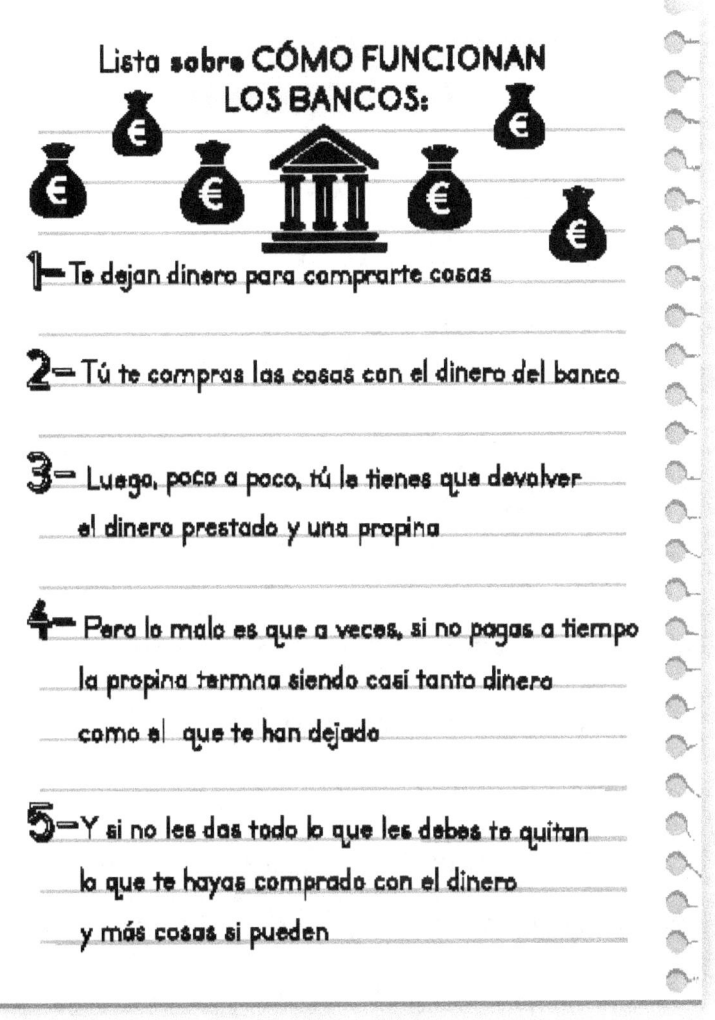

Lista sobre CÓMO FUNCIONAN
LOS BANCOS:

1—Te dejan dinero para comprarte cosas

2—Tú te compras las cosas con el dinero del banco

3—Luego, poco a poco, tú le tienes que devolver
el dinero prestado y una propina

4—Pero lo malo es que a veces, si no pagas a tiempo
la propina termna siendo casi tanto dinero
como el que te han dejado

5—Y si no les das todo lo que les debes te quitan
lo que te hayas comprado con el dinero
y más cosas si pueden

Y así más o menos es como funcionan los bancos según
me contó Pedrito el Tremendo.

—¿Y cómo saben los del banco todo lo que les debe tu
padre? ¿Dónde lo apuntan? —le pregunté.

—Creo que lo tienen apuntado en un ordenador, en la

oficina.

—Así que, si ese ordenador se les rompe o alguien lo destruye, los del banco no sabrán qué les debe cada uno.

Pedrito se quedó por un momento muy pensativo. El momento se hizo muy largo, y dejó de ser momento, y empezó a ser un rato. Y entonces me di cuenta de que se había quedado dormido. Debía de estar muy cansado después de haberse comido un bocadillo tan grande. Así que lo desperté y volví a preguntarle.

—¿Qué pasaría si se les rompiera el ordenador a los del banco? ¿Se les olvidaría todo lo que le deben tus padres?

—Puede que sí. A no ser que lo tengan también apuntado en una libreta.

Pero yo, que acompaño alguna vez a mi madre a sacar dinero del banco, nunca vi que apuntaran nada en libretas. Todo lo hacen con ordenadores. Marín tocó el timbre para que regresáramos a clase, robándonos por lo menos minuto y medio de recreo. Me iba a ir cuando Pedrito me cogió del brazo y me dijo:

—Como le cuentes a alguien que mis padres no podían devolverle el dinero al banco te piso la cabeza.

—Sí, ya me lo dijiste ayer.

—Para que no se te olvide.

—¿Me la pisarías con zapatillas o descalzo? —le pregunté yo, porque evidentemente, no es lo mismo.

—Con las botas.

—Vale, entonces no contaré nada a nadie.

Y me fui a clase. Pedrito estaba menos tremendo que nunca, pero aún le gustaba decir que iba a pisar cabezas.

Teníamos clase de matemáticas con la seño Teresa, también conocida por la HipoTeresa, porque le gusta mucho explicarle a los mayores una cosa que se llama la hipotenusa y que yo no sé lo que es. Mientras ella explicaba yo no hacía más que pensar en la historia de la familia de Pedrito y el banco. Además, me surgían cada vez más dudas. ¿Y si mi padre le pedía un préstamo al banco, se lo gastaba todo en disfraces para él y sus amigotes y luego no devolvía el dinero y ellos nos quitaban la casa, a mis abuelos y lo que era peor, mis juguetes?

Y no tenía claro si el banco me servía de enemigo. Porque los villanos siempre eran un hombre, una mujer, o un monstruo. Pero el banco era un edificio, y no se movía. ¿Y si elegía como villanos a los que trabajaban dentro del banco? Pero allí estaba Lorenzo, que era amigo de mi padre (y lo sigue siendo) y se va con él en la bici muchos domingos por la mañana, ellos dicen que al monte, aunque cuando yo paso por la plaza siempre tienen las bicis aparcadas en la puerta del bar. Y el bar no se llama "El Monte", sino "Casa Eulogio", aunque todo el mundo lo llama "Donde el Elu". ¿Y si realmente el enemigo eran los jefes de Lorenzo? ¿Dónde podría encontrarlos?

Además, yo nunca he atacado a ninguna persona y no sabía por dónde empezar. Pero sí podía atacar al ordenador donde apuntaban cuánto le habían prestado a la gente. En atacar ordenadores sí que tengo experiencia. Una vez se me cayó un vaso de zumo encima del portátil de mi madre. No sobrevivieron ni el portátil ni el zumo. Y otra vez se me cayó la tablet de mis padres en el váter y se quedó allí flotando con más cosas, porque aquella tablet flotaba. Igual os preguntáis. ¿Cómo se te pudo caer la tablet en el váter? Pues si encontráis vosotros la respuesta me la contáis, que yo no aún no sé bien qué pasó. Y claro, no supe explicárselo a mis padres. La tablet tampoco sobrevivió mucho. Más bien nada. Desde entonces mis padres no me dejan que me acerque ni a sus ordenadores ni a sus móviles. Los únicos cacharros con teclas que puedo tocar en mi casa son mi consola y el mando a distancia de la tele. Y el mando de la tele sólo porque le han puesto una funda de goma que se supone que hace que sea irrompible para que si se cae al suelo no le pase nada. Aunque no es cierto, una vez tiré el mando con la funda desde el balcón a la calle para ver si era tan irrompible y se le fastidió la tapa de las pilas que ahora está sujeta con esparadrapo. Así que es solo un poco irrompible.

Al salir del cole, en lugar de ir directo para casa, decidí acercarme al banco. Tenía una buena excusa. Mi abuela Cuca me abrió el día en que nací una cuenta corriente para que ahorrara, aunque por aquella época yo no estaba muy interesado en ahorrar o si lo estaba no me acuerdo. Yo tenía una cartilla del banco donde se podía apuntar todo el dinero que había ahorrado. Yo, ahorrar, no ahorro nada, la verdad, pero mi abuelo me decía que cada mes ingresaba cinco euros en mi cuenta, lo que haciendo la multiplicación de todos los meses que había cumplido me daba de resultado que yo era millonario perdido o un poco menos. Toqué al timbre de la puerta del banco, que está siempre cerrada desde que lo atracaron unos ladrones y se llevaron el dinero de la caja fuerte. Por desgracia no eran unos ladrones del pueblo, así que tengo muy difícil encontrarlos para darles su merecido. Como no abrían me puse a dar saltos a ver si me veían Lorenzo y la mujer que trabaja con él. Y al final salió Lorenzo a abrirme.

–¿Qué haces por aquí solo? –me preguntó nada más verme, algo extrañado.

Resulta que a los bancos no suelen ir los niños solos, igual que a los bares. Y la verdad, deberíamos ir más, porque tienen cuencos llenos de caramelos y puedes coger muchos sin que se enteren. En los bancos dedican tantos esfuerzos a vigilar el dinero y los bolígrafos (no os lo vais a creer, pero atan los bolis para que la gente que firma cosas no se los lleven) que se les olvida vigilar los caramelos.

–Buenas, Lorenzo. He venido a ver cuánto dinero tengo en la cuenta que me abrió mi abuela Cuca.

Lorenzo sonrió. Se ve que en los bancos les hace mucha gracia que la gente vaya a ver estas cosas. Me llevó a su mesa, una mesa que tenía un ordenador sobre ella.

–Vamos a ver. Siéntate Pacopé.

–No, prefiero estar de pie aquí contigo y así veo tu

ordenador —le dije.

Y me puse a su lado.

—¿Te sabes tu D.N.I.?

—¿El qué?

—Tu número de carnet de identidad. ¿Tienes?

—¿Qué es eso?

—¿No te han sacado tus padres el carnet de identidad? —me preguntó.

—No. Pero el dentista me ha sacado una muela. ¿Quieres verla? —y me puse a buscar en mis bolsillos mi muela de la suerte, que no terminaba de caerse y me sacó el dentista hace ya un año. Esta muela no se la llevó el Ratoncito Pérez porque antes yo le había hecho un poco de trampa. Tenía muchas ganas de que viniera a mi casa a llevarse mis dientes, pero no se me caía ninguno. Así que le cogí una dentadura postiza vieja de mi abuelo, le arranqué cinco dientes y los puse debajo de la almohada. Pero claro, tenía los dientes debajo de la almohada pero en mi boca no había ningún hueco. Y además los dientes de la dentadura de mi abuelo estaban algo amarillos porque fuma. Así que me descubrieron y mis padres se enfadaron un poco conmigo.

Bueno, un mucho. A mi abuelo en cambio le hizo gracia.

—No, no hace falta que me enseñes la muela. Te buscaré por el nombre —dijo Lorenzo.

Y se puso a teclear.

—Aquí te veo —dijo.

—¿Hay foto? ¿Puedo verla? —pregunté yo.

—No, no hay foto. Sólo información de tu cuenta.

—¿Cuántos millones tengo?

Lorenzo se rio. Yo seguía sin saber qué le hacía tanta gracia. Pero pronto me enteré.

—Tienes treinta euros y cincuenta céntimos.

¡No podía ser! Las matemáticas no son mi fuerte pero si mi abuela me hubiera ingresado cinco euros cada mes debía haber más dinero. Y me fijé bien en lo que se leía en la pantalla para comprobar que no me estaba engañando. Si Marín el conserje nos roba minutos de recreo, ¿por qué no iba Lorenzo el del banco a quitarme unos cuantos euros?

—Pero aquí se ve una fila larguísima de números. ¿No son esos mis millones? —le dije.

Se volvió a reír. Se lo pasa genial Lorenzo en su trabajo.

—No, no son millones, eso es tu número de cuenta corriente. Es un número para que sepamos nosotros de quién es la cuenta. El dinero que tienes es este, donde dice "saldo".

Y sí, efectivamente, donde decía saldo sólo había un treinta.

—Pues no sé qué pasa, porque mi abuela, siempre que va a casa, dice que me ha metido cinco euros en el banco.

—¿No tendrás otra cartilla en otro banco?

—No. No soy tan millonario como para eso.

Lorenzo dejó de sonreírse. Parecía que le daba apuro que mi abuela no me hubiera ingresado el dinero cada mes. A los mayores les pasa mucho, se avergüenzan de cosas que hacen otros mayores, aunque ellos no tengan culpa ninguna. Bueno, a mí también me pasa cuando mi padre y Lorenzo se disfrazan de mujeres en carnaval.

—Lorenzo, ¿te puedo preguntar algo?

—Claro, hombre. ¿Qué quieres saber?

Lorenzo me miraba con pena, así que sabía que me contestaría a lo que fuera.

—¿Mi abuela ha cobrado la pensión cada mes?

—Todos los pensionistas la cobran. Pero tú no te preocupes, igual lo que pasa es que te lo está guardando en su casa y cuando termine el año te ingresará el dinero.

—Oye, Lorenzo, ¿este ordenador sabe todo el dinero que tengo yo y todo el pueblo?

Se sonrió. Se ve que le hacía gracia tener un cacharro que supiera tantas cosas.

—Sí, lo sabe todo. Todo acerca de los que tienen dinero

en nuestro banco, claro.

—Ya… ¿Y también sabe quiénes le deben dinero al banco?

—También.

Estaba claro que si me cargaba ese cacharro la familia de Pedrito el Tremendo no tendría que pagarles más por la casa. Pero antes de hacerlo, tenía que llevarme mi dinero. Por si después nadie sabía que yo tenía allí treinta euros y no me los querían devolver.

—Ya. ¿Y me puedes dar todo mi dinero? Es que tengo que comprarme unas cosas y me hace falta.

Lorenzo se puso serio.

—Eh… No puedo. Es que eres menor de edad.

—Pero… el dinero es mío —le contesté.

—Sí, pero si te lo quieres llevar tendrás que venir con tu padre o con tu madre. Necesitas la autorización de un adulto.

—Tú eres adulto, ¿no? ¿Me puedes autorizar?

—No, adulto y familiar tuyo.

—Ya… Y si ahora te trajera cinco euros para que me los guardaras en mi cartilla, ¿sí que podrías quedártelos sin la autorización de un adulto?

—Eh… bueno, sí. Eso sí.

—¡Qué bien pensado está esto de los bancos! Cualquier día monto yo uno —le dije.

Lorenzo volvió a reírse. Como dice mi padre, es un cachondo.

—¿Quieres que llame a tus padres para que te acompañen a casa? —me preguntó.

—No, gracias, pero sé ir. Para irme a mi casa no necesito autorización de un adulto, ¿verdad?

—No, para eso no —y se rio de nuevo.

Y salí a la calle con dos ideas. La primera, que mi abuela Cuca tenía muy mala memoria o era muy tacaña. La segunda que al día siguiente comenzaría mi primera aventura. La primera aventura de Súper… Súper… ¡¡Maldita sea!! ¡¡Aún no tenía nombre!! Tenía que buscarme uno ya mismo.

CAPÍTULO 12

EL NOMBRE QUE NO ME BUSQUÉ

Había llegado el momento de encontrar un nombre, uno de esos que no se olvidan nunca, que hacen que la gente diga "hoy vi a súper fulanito deteniendo a unos malvados. Qué impresión". Pero, por otro lado, tenía una duda. ¿Los súper héroes se ponían sus propios nombres o la gente los bautizaba al verlos actuar? En mi pueblo, por ejemplo, la gente no se pone sus propios motes, sino que se los ponen otros. Además, habría que ser un poco chulo para decir: "Ale, me voy a llamar Súper Guay". Superman, por ejemplo, ¿se puso el nombre él mismo o lo hizo la gente? ¿Ya se vino del planeta Kripton con la "S" en el traje porque sabía que en la Tierra sería Superman?

Pensé que igual era mejor esperar a tener un súper poder y que la gente me bautizara, pero yo, paciencia no tengo. Más bien súper impaciencia, como ya os he contado.

Cuando regresé a casa mi madre ya sabía que yo había estado en el banco porque Lorenzo la había llamado por teléfono. Sí, ya os lo he dicho, los mayores son muy chivatos.

—¿Para qué querías sacar el dinero de tu cuenta? —me preguntó nada más abrir la puerta.

Una vez más no podía decir la verdad sin ser descubierto. Así que improvisé.

—Para comprarte un regalo —dije con la mejor de mis sonrisas, que, la verdad, es una sonrisa muy buena.

—¿A mí? ¿Y por qué? —preguntó extrañada.

—Porque te quiero mucho —dije.

Mi madre me miró como de reojo, como si no se fiara de lo que estaba oyendo. A los padres les gusta que los quieras mucho, y yo lo hago, pero a veces, cuando se lo dices, no terminan de creerte, y piensan que se lo dices por alguna razón oculta. Y normalmente llevan razón.

—Pero si no es mi cumpleaños ni mi santo ni nada —dijo mi madre, como buscando una explicación.

—Lo sé, mamá, y también sé que estás algo enfadada conmigo por lo de la araña, la lámpara, la gomina y las gafas, los caramelos que me llevé de la psicóloga y más cosas. Así que quería regalarte algo para que me perdonaras.

Mi madre comenzó a creerme, porque sonrió.

—Hijo, no hacía falta —dijo.

—Pues menos mal, porque no voy a poder regalarte nada. Resulta que la abuela Cuca no me ha ingresado cinco euros cada mes como me había prometido. Así que lo siento, pero te quedas sin regalo.

—¿Ah, sí? ¿Eso ha hecho? —dijo algo enfadada.

Y yo afirmé muy triste, como para dar pena y mi madre me dejó en paz por aquella tarde, y luego cuando vino mi padre le dijo que entrara en su despacho, cerró la puerta y estuvieron hablando en voz baja un buen rato, lo que siempre significa que se están metiendo con alguien. Y mientras, yo estuve planificando mi primera aventura: ¡destruir el ordenador que decía que los padres de Pedrito el Tremendo debían mucho dinero al banco! Aquello serviría para que en mi pueblo supieran que había un nuevo súper héroe por allí. Pero para que tuvieran claro quién se había cargado el ordenador me fui a mi habitación y escribí un cartel para que se enterara todo el mundo. Así me quedó el aviso:

QUE LO SEPA TODO EL MUNDO:

UN SÚPER HÉROE HA LLEGADO AL PAÍS

¡A partir de ahora que tiemblen los malvados! ¡Y también los que no tienen abrigos, porque llegará el invierno y pasarán frío!

Firmado: Yo*

*No es que me llame "Yo", como si fuera chino. Sólo quiero decir que esto lo firmo yo. No sé si me explico. Creo que no.

Y bueno, como podéis ver, aunque os había hablado del nombre que me había buscado, no encontré ningún nombre. Una pequeña súper mentira, sí. Así que decidí llamarme… ¡¡¡¡Súper Sin Nombre!!!!

CAPÍTULO 13

MI PRIMERA AVENTURA

¡¿El Enano con Capa?! ¡Estoy muy enfadado! ¿Cómo pueden haber pensado los de la tele que ese es un buen nombre para un súper héroe? ¡¡Porque así es como me han llamado en las Noticias de la tele!! ¡Sí, porque he salido en las Noticias de Fuente Chopo! Vale que sólo son las noticias de la tele del pueblo pero, aún así, es importante! ¿Cuántos súper héroes han conseguido salir en las noticias en su primer día de aventuras? Pero, ¿llamarme el Enano con Capa? ¡ Y encima no podía ir a protestarle a nadie porque es un secreto que yo soy súper héroe!

Pero vayamos por partes, que os tengo que contar cómo he terminado saliendo en la tele y por qué me han llamado "el Enano con Capa".

Os lo cuento. Esta mañana, antes de irme al colegio, ya

había dejado preparado mi traje de súper héroe para destruir el ordenador del banco cuando saliera de clase. Así que cuando regresé a mi casa a la una en lugar de irme a jugar al fútbol a un descampado con mis amigos cogí mi traje y una pistola de agua que tengo para el verano y que dispara chorros de agua de aquí a un montón de metros más allá.

No podía ir por el pueblo vestido de súper héroe, porque no están muy acostumbrados a ver gente disfrazada salvo cuando es carnaval. Así que tenía que ponerme el traje en algún lugar cercano al banco. Superman, en las películas, se mete en alguna cabina telefónica o en un cuarto de aseo y se pone el traje en un momento. Pero en mi pueblo ya no hay cabinas telefónicas y yo no soy rápido vistiéndome, sólo desnudándome. Soy capaz de quedarme desnudo en medio minuto, pero vestirme, sobre todo si es para ir al cole, me puede llevar media hora o más. Además, ponerse mi traje cuesta bastante, sobre todo ponerse el guante en la cabeza y colocarse el neopreno. Así que para que la gente no me viera antes de tiempo me escondí tras la persiana de una casa que hay cerca del banco, y allí me vestí. Corría el riesgo de que saliera alguien de la casa y se encontrara con un niño en calzoncillos y con un guante en la cabeza. Y a ver qué dices para explicarte si te sorprenden así. Pero en fin, la vida de súper héroe tiene estos riesgos. Cuando terminé de vestirme metí mi ropa de persona normal y aburrida en una mochila, me quité las gafas de bucear para limpiarlas un poco porque no se veía nada, me las puse de nuevo, me las volví a quitar porque me las había puesto del revés, y por fin me las puse bien. Y me quedé mirando por una rendija de la persiana a la puerta del banco, esperando que entrara o saliera alguien para ir hacia allá corriendo y colarme. Porque estaba seguro de que Lorenzo no me iba a abrir si tocaba a la puerta del banco vestido de súper héroe. Estuve esperando unos minutos hasta que vi que un señor con traje, corbata y maletín tocaba al timbre del banco. Al momento le abrieron porque los mayores se fían mucho de los otros mayores si llevan trajes y corbatas. Pero claro, los villanos lo saben, así que muchas veces se ponen trajes y corbatas para engañar y hacer el mal. Y pese a ello los mayores siguen fiándose de todos los que llevan traje. Así de tontos son a veces.

Pero sigo contándoos lo que me pasó, que a veces me enrollo un poco. Salí corriendo para entrar en el banco antes de que se cerrara la puerta. Entonces vi que el señor con traje había dejado una piedra para que la puerta no se cerrara del todo. Eso, la verdad, me extrañó un poco, pero yo pasé igual. Llevaba mi pistola de agua en la mano y estaba preparado para disparar en cuanto me acercara al ordenador de Lorenzo. Yo ya había comprobado que los líquidos y los ordenadores y las tablets se llevan mal. Pero nada más entrar vi que no era el único que quería disparar allí. El hombre del traje también llevaba una pistola en la mano pero la suya no parecía de agua, sino de verdad. Y encima estaba gritando eso de:

—¡Manos arriba! ¡Esto es un atraco!

Lorenzo parecía muy asustado y había levantado las manos y la mujer que trabajaba con él también. Entonces Lorenzo me miró, muy extrañado, tal vez porque yo no tenía la pinta típica de un atracador. Me miró de tal forma que el atracador terminó por girarse. Se quedó unos segundos mudo, como si no comprendiera nada.

—¡¿Tú… tú qué haces aquí?! —preguntó por fin muy nervioso.

—¡Combato a los villanos! —dije poniendo voz ronca para que no me reconociera Lorenzo. Es una voz que me sale muy bien y uso mucho para asustar a mi prima Valeria.

El hombre apuntaba hacia Lorenzo a la vez que me

miraba.

—¡Ni se os ocurra tocar la alarma! ¡Y tú, fuera, enano! —dijo —¡Este es mi atraco!

—Vale, será su atraco, yo no quiero atracar nada, pero, ¿se va a llevar el ordenador para destruirlo, señor atracador? —pregunté con mi voz ronca.

—¡Me voy a llevar el dinero! ¡Vamos, tú, saca todo de la caja fuerte y mételo en una bolsa! —le gritó el atracador a Lorenzo.

—Pero, ¿ha traído su propia bolsa? Porque si no igual se la cobran. A mi madre le cobran las bolsas en el supermercado —le dije.

—¡No tengo tiempo para tonterías! —gritó el atracador, que estaba muy nervioso.

—Ya… Por eso no ha traído su bolsa, ¿verdad? No le ha dado tiempo a comprarla. Pero es de ser un poco tontos venirse a atracar sin bolsa.

—¡Tú! ¡He dicho que saques el dinero de la caja fuerte! —le gritó a Lorenzo. —¡Y tú calla de una vez! —me dijo con muy mal genio.

—¿Y dónde lo ponemos? No tenemos bolsas —dijo

Lorenzo, que estaba muy asustado.

—¿Ve como llevo razón? —le dije. —Tendría que haber traído su bolsa.

—Sí, su compañero está en lo cierto —dijo Lorenzo.

—¡No es mi compañero! —dijo el atracador muy enfadado. —¡No lo conozco de nada! ¡Pon el dinero sobre el mostrador, ya me lo meteré en los bolsillos!

—Eso es cierto, no conozco al señor atracador. Y esto… señor atracador sin bolsa, si no piensa usted destruir el ordenador del banco tendré que hacerlo yo.

Y sin pensármelo más comencé a echarle agua al ordenador con mi súper pistola.

Y al momento comenzaron a salir chispas de la pantalla y del enchufe que había cerca, y se fue la luz de las bombillas, luego volvió, y luego se fue otra vez y el atracador se puso muy nervioso.

—Si no hay luz no podemos abrir la caja fuerte —dijo Lorenzo. —Es de apertura retardada y lleva un motor eléctrico.

—¡¡Tú, enano, deja de echar agua!! —dijo el atracador muy enfadado.

—No puedo. Además, yo no le digo a usted cómo atracar, no me diga a mí cómo hacer el bien. ¡Y dé gracias de que no lo detenga, porque podría hacerlo si quisiera! –le dije.

La verdad es que no podía detenerlo, porque el atracador era más alto que mi padre y además llevaba una pistola que no parecía de agua, pero en fin, si uno no tiene súper poderes puede usar súper mentiras para asustar un poco.

—¡Te he dicho que dejes de tirar agua! ¡Y tú, saca el dinero ahora mismo! –gritó bastante enfadado.

Y el atracador se acercó a mí, creo que para quitarme mi rifle de agua, que era bastante más chulo que la pistola de hierro que llevaba él.

–¡Te he dicho que…!

Y no pudo seguir hablando porque se resbaló con el agua que había caído al suelo y se cayó, dándose un golpe bastante gordo con el borde de la mesa del ordenador. Además, se le escapó la pistola, que se cayó también al suelo, y yo le di una patada para que no pudiera volver a cogerla. Entonces saqué los papeles con mi aviso de que había llegado un súper héroe al país, los tiré por el suelo y salí corriendo de allí antes de que llegara la policía o alguien que pudiera reconocerme. Mientras salía oí cómo comenzaba a sonar la alarma.

Ya fuera recogí la mochila con la ropa aburrida y me fui corriendo por los callejones hasta llegar al corral del señor Ernesto. Comprobé que nadie me veía y salté el muro, entré en mi guarida por la puerta de la lavadora, me quité mi traje y lo metí en la mochila. ¡Acababa de terminar mi primera misión de súper héroe! ¡Había que celebrarlo! Me comí unas chuches que tenía guardadas allí y me fui para mi casa. A la hora de comer mi madre me preguntó si había pasado algo por el pueblo, porque había escuchado una sirena.

—Aquí nunca pasa nada —le dije.

Después, por la tarde en el colegio todo el mundo hablaba de que habían intentado atracar el banco y detenido al ladrón y de que había un súper héroe en el pueblo. Me daba mucha rabia no poder contar que era yo. Pero creo que ya os le he dicho, la vida de súper héroe no es fácil. Si no os lo he dicho, os lo digo ahora: La vida de súper héroe no es fácil. Al salir del cole me acerqué a Pedrito el Tremendo.

—Tienes que estar contento, ¿verdad, Pedrito? —le dije.

—¿Y por qué habría de estarlo? —preguntó.

—Porque igual en el atraco se ha roto el ordenador y los del banco ya no saben lo que les debe tu padre.

—Tú estás tonto. —respondió.

—¿Y por qué? —le dije

—Porque lo digo yo. Seguro que tienen todo metido en Internet, así que aunque se les rompa un ordenador lo seguirán sabiendo.

—¿Y dónde está Internet? —le pregunté.

—No sé —me contestó —Yo no he estado dentro. Creo que nadie ha estado dentro de Internet.

Y se fue, pero sin amenazarme con pisarme la cabeza ni

nada. Desde que se comía esos bocadillos tan grandes estaba mucho más tranquilo.

Por la noche, cuando mi padre llegó de trabajar, nos contó que había visitado a su amigo Lorenzo, que aún estaba asustado por el atraco. Yo, disimuladamente, interrogué a mi padre para enterarme de cómo había terminado todo. Así lo hice, para que veáis cómo se interroga a un mayor con disimulo:

—¿Se ha roto el ordenador del banco durante el atraco? —pregunté.

—No lo sé, Lorenzo no me ha comentado nada de ordenadores.

—Qué cosas pregunta este niño, la verdad —dijo mi madre—. Lo que importa es que nuestro amigo está vivo.

—Eso ya lo sabemos —dije—. Si ha estado hablando con papá es que está vivo. A no ser que papá hable con los muertos. ¿Tú hablas con los muertos, papá?

—No, y deja de preguntar tontadas —me dijo serio. —La cuestión es que uno de los atracadores está detenido. Pero hay otro que consiguió huir. Aunque no se sabe bien si era un atracador o qué. Según Lorenzo era un loco.

—Callad, que comienzan las noticias del pueblo —dijo mi madre.

Y le dieron volumen a la tele, porque allí estaba ya el presentador.

—Como ya sabrán, hoy se ha producido un atraco en el banco del pueblo, por fortuna sin grandes consecuencias. Y nuestro programa tiene imágenes exclusivas del atraco grabadas por las cámaras de seguridad del banco.

Comencé a ponerme muy nervioso porque igual mis padres me reconocían en las imágenes y entonces me detendría la policía por atracar bancos, cuando yo no había atracado nada. La grabación era en blanco y negro, y no tenía sonido. Se veía cómo entraba el atracador y sacaba su pistola. Y cómo al momento entraba yo.

—Aquí vemos cuando hace su aparición su compinche, el Enano con Capa —dijo el presentador.

—¡Qué pinta más curiosa lleva el atracador pequeñito! —dijo mi padre.

—Será un drogadicto —dijo mi madre.

—¡No es un enano! —protesté yo enfadado.

Pero mis padres no me hicieron caso porque estaban

muy pendientes de las imágenes, que por suerte eran bastante borrosas.

—Mirad, mirad lo que hace el pequeño —dijo mi padre.

Y se veía cómo yo comenzaba a echarle agua al ordenador. Yo, más que a la tele, los miraba a ellos, temiendo que pudieran reconocerme en cualquier momento. Pero no parecían sospechar que yo fuera el que se veía en las imágenes.

—Pues vaya banda de atracadores más chapucera, ¿no? —dijo mi madre

El locutor siguió hablando.

—Según parece el segundo atracador no es tal, por los folletos que se encontraron en el banco. Más bien parece que se trata de un nuevo súper héroe. ¡El Enano con Capa! Es la primera vez que por esta zona se ve un súper héroe, ya que ellos prefieren actuar por las grandes capitales y no en los pueblos. Hemos llamado a la A.N.S, Asociación Nacional de Súper Héroes y dicen no saber nada de este nuevo súper héroe, por lo que por ahora no piensan darle el carnet de súper héroe al Enano con Capa.

—¡No es un enano con capa, estúpido! —le grité al

presentador.

Mis padres me miraron extrañados.

—¿Qué es ese vocabulario? Aquí no se puede insultar a nadie. —me dijo mi madre, enfadada.

—Papá grita a los jugadores de fútbol —dije —¿Por qué no puedo yo gritarle a ese señor?

Y antes de que me mandaran castigado, me fui yo solo a mi habitación, a pensar cómo podría cambiarme el nombre y dejar de ser el Enano con Capa. Y también a inventar alguna forma para que todos se enteraran de que yo era Súper Sin Nombre. Pero no sabía que todo eso iba a ser un problema muy pequeño para lo que me iba a pasar al día siguiente.

CAPÍTULO 14

¡¡SECUESTRADO!!

Dos días después del atraco yo ya sabía que los del banco guardaban copias de lo que les debía la gente en muchos más ordenadores y en Internet, así que mi primera misión sólo había servido para que me bautizaran con un nombre que no me gustaba nada. Bueno, es cierto que también había conseguido que detuvieran a ese atracador. En fin, ser súper héroe requiere práctica. Es como montar en bici: al principio te caes. Y cuando ya aprendes también te caes, y lo que es peor, los tortazos que te pegas son más grandes porque cada vez vas más rápido.

Esa tarde, en lugar de irme directamente a jugar al fútbol, tuve que hacer recados. Una de las desventajas de que te dejen ir solo por el pueblo es que tus padres te pueden mandar que traigas cosas de las tiendas. Así que esa tarde tenía una lista: primero, comprar un carrete de hilo de pescar para mi padre. Segundo, comprar una barra de pan para todos. Tercero, comprar chuches para mí. (Esto me lo encargué yo a mí mismo). Primero fui a la tienda de Macedonio, que es la más chula del pueblo porque vende gusanos para poner de cebo en los anzuelos. Allí compré el carrete de hilo para pescar. Después me tocaba ir a la panadería. Iba pensando en que tenía que hacer algo urgentemente para que dejaran de llamarme "Enano con Capa". Pensé en mandar una carta a la tele protestando. O también en imprimir muchas hojas con la impresora de mi madre diciendo que yo, "Súper Sin Nombre" no soy "el Enano con Capa". Y repartir las hojas de buzón en buzón, como hacen los que reparten folletos aburridísimos con las ofertas del supermercado. Pero aquello era peligroso, porque me podían pillar en pleno reparto y me preguntarían por qué repartía eso. No tenía muy claro qué hacer, pero sí que había que hacer algo. No se puede ser un súper héroe serio llamándose así.

Y así iba por la calle, pensando en eso camino de la panadería cuando un coche con los cristales oscuros se puso a mi lado. Bajaron las ventanillas y llegó un olor raro. Miré y… ¡allí estaba Súper Tufo, el súper héroe más pestilente de todos los tiempos!

—Tú eres el Enano con Capa, ¿verdad? —dijo desde el coche.

—¡No! —dije enfadado —¡Ese no es mi nombre!

—Pero sabemos que tú eres quien entró ayer en el banco y dejó folletos diciendo que es un súper héroe.

—¿Y cómo lo sabe? —pregunté.

—Porque eres la única persona que nos ha escrito desde este pueblo queriendo ser súper héroe. Y no lo has hecho una, sino veinte veces pidiendo que te dejáramos estudiar en la academia de súper héroes.

—¡Sí, os escribí! ¡Y no me contestasteis ni una vez!

—Estamos súper ocupados. Soy Súper Tufo, secretario general de la Asociación Nacional de Superhéroes.

—Lo sé. Le vi en la tele, cuando apestó a aquellos ladrones en el ascensor.

—Sí, eso hice. Y ahora estoy aquí porque me gustaría hablar contigo. Anda, sube al coche.

—Mis padres me han dicho que no hable con

desconocidos. Y que no me suba en coches con ellos.

—Pero, ¿no has dicho que me conoces? —me contestó.

—Ya, pero, ¿y si no es el verdadero Súper Tufo? A ver, atufe un poco para comprobar que sí lo es.

—¡No! —gritó alguien dentro del coche.

Y entonces vi que se asomaba el Hombre Bombilla, un súper héroe que sólo trabaja de noche o dentro de los edificios, donde puede deslumbrar a los malvados con la luz que emite. El Hombre Bombilla lleva un traje lleno de bombillas, y una batería en la espalda y cuando va a luchar las enciende todas de golpe y deja medio ciegos a los villanos durante unos segundos.

—Atufaré fuera, Bombilla.

Y Súper Tufo bajó y atufó. Mejor no os explico cómo, pero os lo podéis imaginar. Sí, no cabía duda de que estaba ante el verdadero Súper Tufo, porque me tuve que retirar unos metros para no marearme de la peste.

—Bien, ya has visto que soy Súper Tufo. Y este es el Hombre Bombilla. Y ahora sube.

Miré a mi alrededor. No había nadie en la calle, así que me subí al coche con mis colegas súper héroes. Estaba contento de que me recibieran tan bien en su club. Pero tenía una duda, así que les pregunté.

—Han venido a darme el carnet de súper héroe, ¿verdad?

—¡Tú no eres súper héroe! —dijo el Hombre Bombilla muy enfadado.

—Tranquilo, Hombre Bombilla —le dijo Súper Tufo —o se te va a fundir alguna bombilla. Pero lleva razón, niño, tú no eres un súper héroe, y por eso queríamos hablar muy seriamente contigo. Para que no se te ocurra nunca más volver a intentarlo.

—Pero… ¿Por qué no puedo serlo? ¡No hay ninguna ley que diga quién puede ser súper héroe y quién no!

—Porque lo decimos los mayores. ¡Y no hay más que hablar!

Odio cuando los mayores dicen eso. Entonces, si un mayor dice: "Las líneas rectas son curvas", ¿hay que hacerles caso porque lo dicen los mayores? Pues a partir de ahora los niños deberíamos decir: "Porque lo dicen los niños. ¡Y no hay más que hablar!"

—Eso, eso, no hay más que hablar —dijo el Hombre Bombilla—. ¡Y además, no tienes ningún súper poder!

—¿Y qué súper poder tiene usted, Hombre Bombilla? ¡Se ha puesto muchas bombillas y una batería, pero ya está! —le dije—. ¡Los coches de choque de las fiestas de mi pueblo hacen más luz que usted!

Y entonces al Hombre Bombilla, del enfado, se le encendieron todas las bombillas, y yo y Súper Tufo tuvimos que cerrar los ojos de la luz que emitía Lo malo es que Súper Tufo iba conduciendo y tuvo que frenar de golpe cuando ya estábamos a punto de subirnos a la acera.

—¡Hombre Bombilla, cálmate de una vez o nos vamos a estrellar!

Y el Hombre Bombilla se fue apagando.

—Está bien, pero que no diga más que es un súper héroe —contestó.

Y Súper Tufo arrancó de nuevo y seguimos nuestro camino.

—¿Dónde vamos? —pregunté.

—Al cuartel general de los súper héroes, nuestro presidente quiere hablar contigo seriamente.

—Le rima.

—¿Cómo?

—No, nada, que eso de que "el presidente quiere hablar seriamente" rima. ¿También es poeta además de súper héroe, Súper Tufo?

—No, no lo soy —me dijo algo enfadado, como si fuera algo malo ser poeta.

—Pues si no es poeta, súbase la braqueta —le dije. Y me reí.

Él se miró la braqueta y luego me miró a mí bastante enfadado. No le hizo mucha gracia mi broma.

—¿Y vamos a tardar mucho? —pregunté —. Porque si no vuelvo pronto a mi casa mis padres me echarán de menos y llamarán a la policía.

—Está todo calculado. En cuarenta minutos estaremos allí, la reunión durará diez minutos y otros cuarenta minutos para regresar. Justo el tiempo que te pasas jugando al fútbol con tus amigos.

Y así, a toda velocidad por la autovía llegamos a la capital. Por fortuna no llevaban cds con canciones infantiles.

—Y ahora te vamos a vendar los ojos, para que no sepas donde estamos.

—Si no lo sé. Yo sólo he venido a la ciudad cinco o seis

veces con mis padres y casi siempre nos quedamos en el centro comercial. Salvo cuando fuimos a que los viera la psicóloga. ¿Usted ha ido al psicólogo, Súper Tufo?

—No —me dijo algo seco.

—Pero seguro que el Hombre Bombilla sí que va, ¿verdad?

Y el Hombre Bombilla me miró enfadado y comenzaron a encendérsele de nuevo las bombillas.

—Tranquilo, Bombilla —dijo Súper Tufo. —Anda, tápale los ojos.

—Pero si ya os digo que no conozco la ciudad. No me voy a dar cuenta de adónde me lleváis.

—Da igual. A todo el que no es súper héroe hay que taparle los ojos para entrar en nuestra sede.

—Pero si yo también soy... —Y cuando iba a decir que yo también era un súper héroe vi cómo me miraba el Hombre Bombilla, que se le comenzaban a encender las bombillas y me callé y no dije lo que pensaba: que yo sí era un súper héroe.

Así que me taparon los ojos, y después de un rato por la ciudad el coche se detuvo y me quitaron la venda. Estábamos en un garaje. Salimos del coche y nos metimos en un ascensor. Como en todos los ascensores habían colgado un cartelillo en el que se leía que no podían subir niños solos. Estos mayores… No te dejan subir en un ascensor solo y sí en una montaña rusa. Llegamos ante una puerta que tenía un pequeño cartel donde se leía: "A.N.S. Asociación Nacional de Superhéroes". Y debajo: "Calle Moratín 20".

—Si no queríais que supiera dónde está la sede, ¿por qué tenéis puesta la dirección en ese cartel? –les pregunté.

Los dos se pusieron colorados y se miraron, como buscando una respuesta a mi súper pregunta. Pero no parecía ocurrírseles ninguna.

—Porque… porque… Anda, pasa dentro y calla –terminó por decirme Súper Tufo.

Y entramos. Tras la puerta había un pasillo muy largo, lleno de fotos de todos los súper héroes del país. Pero me parecía a mí que las fotos estaban retocadas porque en ellas se les veía a todos llenos de músculos, muy delgados. Pasamos junto a la foto de Súper Tufo.

—Súper Tufo, ¿se puede parar un momento aquí junto a su foto? –le pedí.

—¿Y eso? —me preguntó.

—No, para ver si se parece al de la foto. Umm, no mucho, ¿eh? Ahora está más gordo —le dije.

Súper Tufo se puso colorado de nuevo. Vi que el Hombre Bombilla se reía un poco por lo bajo.

—Vamos, que el presidente nos espera y yo no tengo tiempo para tonterías —dijo enfadado.

Y por fin llegamos a una habitación muy grande, con un gran sillón, una gran mesa… Todo era grande allí.

—¿Dónde estará? —preguntó Súper Tufo al Hombre Bombilla.

—No sé, voy a buscarlo.

Y salió. Yo me puse a observar las fotos que había en las paredes. Eran todas de Súper Cosquillas, un súper héroe que movía muy rápido las manos y sabía dónde tocar a sus enemigos para hacerles muchas cosquillas y que cayeran indefensos y muertos de risa.

—¿Súper Cosquillas es vuestro presidente? —pregunté.

—Sí, hasta que celebremos nuevas elecciones lo será.

Fui a coger una foto pequeña en la que se veía a Súper Cosquillas con un jugador de fútbol.

—¡No toques nada! —dijo, igual que dicen siempre los mayores.

—Vale, vale… Bueno, normal que Súper Cosquillas sea el presidente. Él hace reír y usted sólo hace peste.

—Niño, no tengo por qué soportar tus impertinencias.

—No, si yo no quería ofenderle, Súper Tufo. Si es bueno que apeste tanto. Si no apestara no podría derrotar a ningún malvado.

Y me callé por un momento. Pero un momento muy corto.

—¿Tiene novia, Súper Tufo? —le pregunté.

—Niño, esas cosas no se preguntan.

—Pues a mí me lo preguntan siempre mis tías. No tiene, ¿verdad? Bueno, es normal. Con esa peste que echa...

Súper Tufo parecía impaciente. Miró el reloj de su muñeca. Luego otro que había colgado en la pared. Se sentó, se levantó. Súper Cosquillas parecía no llegar nunca.

—Yo me tengo que ir pronto, que si no mis padres me echarán de menos —dije.

—Espera aquí, niño, que ahora mismo vengo. ¡Y no toques nada! —dijo. Y me dejó sólo allí.

El primer minuto estuvo bien, pude mirar las fotos de Súper Cosquillas con actores famosos, con futbolistas, con señores con traje y corbata. Pero al segundo minuto comencé a aburrirme. Me senté en una silla que había junto al escritorio. Era una de esas sillas grandes que hay en las oficinas y tienen una palanca que hace subir y bajar el asiento. Así que comencé a subir y bajar en la silla, a la vez que la hacía dar vueltas y vueltas. No era lo más divertido del mundo, pero a veces me había subido en atracciones de feria que básicamente consistían en eso y esta silla al menos me salía gratis. La silla se fue moviendo por el despacho hasta que le di un golpe a un cajón del escritorio. Y entonces el cajón se abrió. Dentro había una cajita en la que se leía: "Nuevos Súper Poderes". Me habían dicho que no tocara nada, pero no sé qué me pasa que siempre que me dicen eso me dan ganas de tocar todo. En la cajita había unos frasquitos transparentes rellenos con líquidos de colores, y en cada frasquito había una etiqueta: "Súper Poder 1. Mezcla 3", "Súper Poder 4. Mezcla…" Me asomé por la puerta al pasillo. No venía nadie y regresé al escritorio.

Los colores de los frascos eran muy bonitos: uno amarillo, otro verde fosforescente, otro rojo. Esos colores tan brillantes me recordaban a los polos de bolsa que en verano me compra mi madre en el súper mercado (que ya os lo digo, no es un mercado de súper héroes, pese a su nombre). Cogí un frasquito, el del "Súper Poder 1. Mezcla 2", le quité el tapón y lo olí. Olía a vainilla, uno de mis sabores favoritos. ¿Sería peligroso probarlo, aunque sólo fuera una gotita? ¿Conseguiría algún súper poder de verdad si me lo bebía? ¿Sería así como Súper Tufo había conseguido su poder? ¿O lo había logrado comiendo muchas habichuelas? En cualquier momento llegaría algún mayor y se acabaría mi oportunidad. ¿Qué hacer? Me quedé pensándolo profundamente durante un segundo o así, y después le quité el tapón al frasquito, me bebí el líquido de un trago y dejé el frasquito vacío en la caja. Estaba muy rico, sabía muchísimo a vainilla, sí, una vainilla muy dulce. Me miré los brazos. No me habían salido músculos. Intenté levantar el escritorio. Nada de súper fuerza. Pegué un bote a ver si podía volar. Volé durante un segundo, como siempre, y caí al suelo. Decidí beberme otro frasquito a ver qué pasaba. Nada, seguía sin súper poderes. Y me bebí otro frasquito, y otro. Cuando me iba a beber el sexto entraron Súper Tufo y Súper Cosquillas. Súper Cosquillas iba vestido como siempre que sale en la tele, con un traje verde muy ajustado, un gorro que le tapaba el pelo del mismo color y una capa amarilla. Pero en lugar de sus botas brillantes de color amarillo que le llegaban casi a la rodilla llevaba unas zapatillas de estar por casa.

–¡¡¡No, no lo hagas!!! –gritó Súper Cosquillas muy asustado al verme con el frasquito en la mano.

Y yo dejé el frasquito sobre la mesa.

—¿Pero cómo lo has dejado aquí solo? —le dijo a Súper Tufo muy enfadado—. ¡Tenía en la mano uno de los nuevos súper poderes que estamos desarrollando en el laboratorio! Si se lo llega a beber, ¿qué?

—¿Qué habría pasado si me lo llego a beber? —pregunté, algo asustado al ver lo asustado que estaba Súper Cosquillas.

Súper Cosquillas no me dijo nada y se acercó muy enfadado a coger la cajita donde estaban los frasquitos. Entonces su cara se quedó casi blanca.

—¡Se ha bebido cinco frascos de súper poderes! ¡Cinco! ¡Ven aquí! —me dijo.

Y fue a agarrarme pero lo vi tan asustado que me dio miedo y salí corriendo.

—¿Dónde está? —preguntó Súper Tufo.

—¡No lo veo! —dijo el Hombre Bombilla.

¿Cómo que no me veían? Si yo estaba frente a ellos, apenas a dos metros.

—¡Invisibilidad! ¡Ha desarrollado invisibilidad! —gritó Súper Cosquillas —¡Cierra la puerta para que no escape! ¡No podemos dejar que salga al mundo exterior con esos súper poderes! —gritó.

Yo no me había dado cuenta porque me podía ver a mí mismo, pero ellos no podían verme. Me fui hacia la puerta y la abrí.

—¡Por la puerta, se escapa por la puerta!

Y antes de que me atraparan salí corriendo de aquella habitación. Al momento comenzaron a sonar alarmas. Últimamente estaba oyendo más alarmas que en toda mi vida.

CAPÍTULO 15

¡¡LA HUÍDA DE UN SÚPER HÉROE!!

Oía a los súper héroes gritar tras de mí y decidí esconderme en un cuarto de baño que me encontré corriendo por un pasillo. Pero entonces pensé: "Si soy invisible, ¿para qué esconderse? Lo que tengo que hacer es salir de aquí cuanto antes, no sea que se me pase la invisibilidad". Y me calmé y entonces, al pasar frente al espejo del cuarto de baño me llevé un susto, porque se podía ver mi reflejo perfectamente. Pero entonces, del susto, me volví invisible de nuevo. ¡Me hacía invisible al asustarme! Y así, asustado, salí al pasillo, preguntándome qué otros súper poderes tendría mientras caminaba en silencio. De pronto oí gritos

—¡Vamos a la salida principal! —dijo alguien.

Me pegué a la pared y vi como pasaban corriendo junto

a mí dos súper héroes, Súper Rana, que da saltos de más de cincuenta metros y que siempre va rompiendo ventanas de edificios porque se choca contra ellas al saltar, y la Bola, una súper héroe muy gorda que cuando quiere atacar a los malvados se hace una bola, se pone a rodar y los chafa. Pero ninguno me vio. Eso me tranquilizó, pero me dio miedo tranquilizarme, porque si lo hacía me volvería de nuevo visible, me atraparían y a saber qué me hacían. Y al pensar eso me puse nervioso y me volví de nuevo invisible.

Estuve dando algunas vueltas por los pasillos, buscando una salida a la calle hasta que encontré la puerta. Pero allí había tres súper héroes tapando la salida para que nadie, ni siquiera alguien invisible como yo, escapara. En el centro estaba la Bola y a un lado Súper Tornillo, un súper héroe que con una llave inglesa y unas tuercas puede fabricar cualquier cosa. Y Cortocircuito, que da calambre si lo tocas a la izquierda de la Bola, y entre los tres bloqueaban la salida. No había manera de pasar por esa puerta mientras no se movieran. Me acerqué un poco y al hacerlo descubrí que en sus manos llevaban sprays de pintura. Al principio no comprendí porqué podrían llevar esos sprays pero de pronto supe la razón. Si echaban esa pintura en el aire y caía sobre mi cuerpo podrían verme.

Por esa puerta era casi imposible escaparse, a no ser qué… ¡Y se me ocurrió algo! Llevaba en el bolsillo el carrete de hilo de pescar que le había comprado a mi padre. Mientras ellos hablaban yo, muy despacio, sin hacer ruido, me fui hasta una papelera que estaba al fondo del pasillo, como a quince metros de la puerta. Y la até con hilo de pescar. Y fui desliando poco a poco el carrete, pegado a la pared, para que no pudieran verlo, porque yo era invisible, pero el hilo, al sacarlo de mi bolsillo, no. Y así me acerqué hasta la puerta de salida. Y cuando estaba apenas a dos metros de los súper héroes que la bloqueaban tiré fuerte del hilo y la papelera, al fondo del pasillo, cayó al suelo, haciendo mucho ruido.

—¡Está ahí! ¡Ha tropezado en la papelera! —gritó uno de ellos, pensando que yo estaba al lado de la papelera cuando en realidad estaba junto a ellos, al lado de la puerta.

Y los tres salieron corriendo hacia la papelera echando pintura con los sprays de colores por el pasillo. Y entonces llegó corriendo por el fondo el hombre Bombilla y lo llenaron de pintura. Más que el Hombre Bombilla, parecía el Hombre Arco Iris. Y yo aproveché que habían dejado la puerta sin vigilancia para salir a la calle. Pero uno de ellos vio cómo la puerta se abría y gritó:

—¡Está ahí, en la puerta! ¡Se escapa, va hacia la calle!

Y salieron a la calle persiguiéndome con los sprays. Yo me acurruqué tras un banco mientras observaba cómo ellos echaban pintura por todos lados. Entonces llegó un policía y se puso a discutir con los súper héroes. Y el policía sacó la libreta de poner multas y comenzó a ponerles una porque decía que eran grafiteros y estaba prohibido hacer grafitis. Y yo me fui andando lejos de allí, mientras los súper héroes seguían en plena discusión y al Hombre Bombilla comenzaban a fundírsele algunas bombillas. Ahora sólo me quedaba regresar a mi pueblo antes de que mis padres me echaran de menos y comenzaran a buscarme. Pero, ¿cómo hacerlo si no sabía dónde se encontraba la estación de autobuses, ni la de trenes, ni tenía un euro en el bolsillo y además todos los súper héroes de la capital me estaban buscando?

CAPÍTULO 16

UN VIAJE ACCIDENTADO

Lo primero que tenía que conseguir era calmarme para dejar de ser invisible y poder preguntarle a alguien dónde estaba la estación de autobuses. Pero, ¿cómo se calma uno? Mi padre, cuando está muy nervioso, se va a pescar o con la bicicleta. Mi madre se toma unas infusiones de hierbas y hace una cosa que se llama yoga y que consiste en estirar los brazos y las piernas para todos los lados y respirar con la barriga. Se pone la mano en el ombligo y llena la barriga de aire, y después lo suelta despacio por la boca. Mi padre también suelta el aire de la barriga, pero de otra forma que según él dice, también relaja. Se parece más a las cosas que hace Súper Tufo.

Tenía que calmarme, así que entré en un parque pequeño,

me senté en un banco y me puse a respirar con la barriga. Llegó un abuelillo y se sentó también, pero por fortuna al otro lado, porque no me gusta que se sienten abuelos ni nadie encima de mis rodillas. Seguí respirando con la barriga y poco a poco me calmé. Pero de pronto vi que el abuelo me miraba espantado.

–Tú… ¿de dónde has salido? –me preguntó.

–Yo estaba aquí antes que usted, señor anciano – contesté.

–De eso nada. Yo llevo en este planeta muchos más años.

–Eso también es verdad –le dije.

Y me miró un poco más y dijo:

–Nada, que voy a tener que graduarme la vista otra vez.

Y se fue. Ahora ya era visible y podía preguntarle a alguien por la estación de autobuses o la de trenes. Busqué a un niño porque si en una ciudad vas solo y preguntas algo así a un mayor igual llama a la policía porque piensa que te has perdido o te has escapado. Pero los niños de ciudad nunca van solos por la calle y no encontré a ninguno. Al final le pregunté a un abuelo, que son más solidarios con los niños y no están diciendo siempre eso de "porque lo dicen los mayores". Será porque los abuelillos se van haciendo cada vez más pequeños con la edad, se encogen, y sienten que son más como niños pequeños, y que los mayores no les hacen mucho caso. El abuelo me explicó que estaba muy cerca de la estación de autobuses y me dijo cómo llegar.

Cuando me acercaba a la estación pensé que los súper héroes podrían estar esperándome, así que intenté asustarme para volverme invisible. Recordé las inyecciones que alguna vez me habían puesto, el dentista, los exámenes sorpresa y otras cosas que no me gustan. Y después de pensar en cosas que no me gustan me miré en el cristal de una puerta: ¡ya no se veía mi reflejo! En una pantalla estaban los horarios de todos los autobuses. El que iba a mi pueblo salía en diez minutos. Me acerqué al andén. Los súper héroes no estaban por allí esperándome, pero sí vi a Luis, uno de los chóferes del autobús, que es padre de mi amigo Ray y que tiene mucho genio (su padre, no Ray. Bueno, los dos). Luis es un padre muy curioso, lleva un pendiente en una oreja y no deja que en la casa de Ray tengan tele, ni videoconsolas, así que le tenemos que contar lo que pasa en el mundo. Bueno, más bien lo que pasa en el mundo de los dibujos animados.

Cuando Luis abrió la puerta del autobús y puso en

marcha el motor, me subí sin que nadie se diera cuenta. Entonces, corriendo, con la lengua de fuera, llegaron ellos: el Hombre Bombilla, aún manchado con pintura de todos los colores, la Bola y Súper Tufo . Venían casi sin aliento, sobre todo la Bola. Le sobraban unos kilos, pero si los perdía igual dejaba de ser la Bola y pasaba a ser la Canica o la Pelotita, y ese sería el fin de su carrera de súper heroína.

—Queremos subir al autobús —dijo el Hombre Bombilla.

—Me parece muy bien —les respondió Luis —El billete cuesta tres euros.

—No, pero no para viajar. Sólo para comprobar si hay un niño —dijo Súper Tufo.

—No hay niños. Y son tres euros —contestó Luis muy serio.

—¡Le estamos diciendo que no vamos a viajar! ¡Sólo queremos subir un momento! —dijo el Hombre Bombilla, al que comenzaron a encendérsele varias bombillas porque estaba enfadándose. Llevaba pintura de los sprays sobre el cristal de las bombillas y cuando la pintura se calentó empezó a echar humo y pestazo a quemado y hasta dentro del autobús llegaba el olor.

—Y yo le digo que sin billete no se sube. Y usted ni con billete ni sin él, que me puede incendiar el autobús —dijo Luis al Hombre Bombilla.

—¿Es que no sabe quienes somos? —dijo la Bola.

Luis se quedó mirándolos pensativo. Yo me temí lo peor: si sabía quienes eran igual les dejaba pasar y me atrapaban. Pero parecía que no le sonaban de nada. ¡Qué contento estaba yo de que el padre de Ray no tuviera tele en su casa!

—Umm… Pues no sé, pero la verdad es que me van a disculpar, pero van vestidos ustedes como tres mamarrachos —le contestó.

—¡Somos súper héroes! —dijo Súper Tufo.

—Ah, pues vale, me parece muy bien. Pero esta empresa de autobuses no tiene ninguna regla que diga que los súper héroes no deban pagar como todo el mundo. Siguen siendo tres euros.

—Sí, que paguen —dijo un viejecillo que estaba sentado en los asientos de delante. —Que aquí pagamos hasta los jubilados, no sé por qué no van a pagar esos espantajos.

—¡Tendrán morro! —dijo una señora —Tienen dinero para trajes de colores y no para pagar su billete.

Y todo el mundo empezó a meterse con ellos. Los súper héroes se miraron desconcertados. Yo seguía acurrucado en mi asiento, temiendo que intentaran subir por la fuerza. Pero para ello tendrían que enfrentarse a Luis, y puede que a aquel abuelo, que llevaba un bastón. Además, llegó un vigilante de la estación.

—¿Qué está pasando aquí? —le preguntó a Luis.

—Que se me quieren subir al autobús sin pagar —le

contestó.

—¡Un momento nada más! —dijo la Bola.

—¿Y a cuento de qué? —les preguntó el vigilante.

—Sólo queríamos subir a ver si hay un niño. Un… un sobrino mío que se ha perdido. Además, somos súper héroes —dijo el Hombre Bombilla.

—Ya les he dicho que no ha subido ningún niño. Y dicen eso de que son súper héroes para colarse —le explicó Luis al vigilante.

—Pues aquí no se cuela nadie —dijo el vigilante. —A pagar si queréis subir.

—¡Eso, eso, que paguen o fuera! —gritaron varios abuelos.

Los súper héroes se miraron resignados.

—¿Tú llevas dinero? —preguntó la Bola al Hombre Bombilla.

El Hombre Bombilla fue a meter sus manos en los bolsillos, pero esos trajes ajustados de súper héroes no llevan bolsillos, así que no pudo buscar nada. Decidí que en mi traje siempre llevaría bolsillos. O si no, una mochila.

—Ni un euro. ¿Y tú? —le preguntó el Hombre Bombilla a la Bola.

—Tampoco. ¿Qué hacemos ahora? —preguntó la Bola.

—¿Y si pedimos dinero a la gente? —dijo Súper Tufo.

Y al momento estaban los tres pidiéndole dinero a todo el que pasaba por allí. La gente se quedaba muy extrañada, como si no terminaran de creerse que unos súper héroes pidieran limosna. Yo miraba el reloj de la estación, deseando que el tiempo pasara rápido y saliera de una vez ese autobús. Mientras los súper héroes seguían pidiendo y la gente, más que darles dinero, buscaba con la mirada cámaras ocultas, como si eso de los súper héroes mendigando fuera una broma de la tele. De pronto un mendigo que estaba pidiendo limosna a la puerta de la estación se les acercó muy enfadado.

—¡Aquí el único mendigo soy yo! ¡Si queréis pedir os vais a otro sitio!

—Que nosotros no somos mendigos —dijo Súper Tufo.

—Que sea pobre no quiere decir que sea tonto. Sí que lo sois —dijo el mendigo.

Y se puso a gritarles que se fueran. Entonces se les acercó de nuevo el vigilante.

—¡Está prohibida la mendicidad en la estación de autobuses! —les dijo muy enfadado.

—Pero… ¡no somos mendigos! —dijo el Hombre

Bombilla.

—Ya… ¿Me van a decir que no estaban pidiéndole dinero a estas personas? —dijo el vigilante.

—Bueno, sí, eso sí.

—Entonces son mendigos. Ale, a pedir fuera de la estación. Y tú también, Manolo —le dijo al mendigo.

—Pero si yo no molesto a nadie. Yo me quedo en mi sitio y si echan bien y si no nada.

—Se trata de una urgencia, señor vigilante —dijo Súper Tufo —Queremos subir a ese autobús y no llevamos un euro.

—Y yo quiero una casa en la playa, pero como no tengo dinero no me la puedo comprar. Además, ya no os va a hacer falta el dinero —dijo el vigilante. Y señaló hacia el autobús que se marchaba.

Y así era, el chófer acababa de arrancar. Los súper héroes miraron hacia el autobús como esos niños que miran una atracción de feria en la que han montado todos sus amigos pero no ellos. Yo los saludé. Lástima que no me pudieron ver porque estaba nervioso y seguía siendo invisible.

¡Estaba salvado, llegaría a mi casa y no muy tarde! A no ser… que todos los súper héroes nos siguieran en coche y me estuvieran esperando en el pueblo.

CAPÍTULO 17

¡¡OTRO SÚPER PODER!!

El viaje transcurrió sin ningún problema. Yo estaba sentado atrás, de forma que nadie me podía ver si me volvía visible. Pero cuando llegamos al pueblo decidí ponerme nervioso por si me estaban esperando los súper héroes en la plaza. Y comencé a pensar en que aún no había hecho los deberes, y que igual mis padres me castigaban sin tele ni videoconsola por llegar tarde. Y al momento me puse nervioso. Miré en el cristal de la ventana. Ya no se veía mi reflejo, me había vuelto invisible de nuevo. Bajé del autobús y me fui corriendo para mi casa antes de que se me pasara el nerviosismo. Nadie vigilaba la puerta, pero no podía entrar siendo invisible, porque mis padres iban a pensar que en lugar de un hijo había llegado un fantasma. Así que tenía que calmarme de nuevo. Esto de tanto calmarse y ponerse nervioso estaba siendo muy cansado. Pero dos minutos después conseguí hacerlo y volví a ser visible. Y toqué al timbre.

Como me temía, mi madre estaba enfadada conmigo porque era algo más tarde de lo normal.

—¿De dónde vienes a estas horas? ¿Es que no sabes que a las siete y media tienes que estar aquí? ¡Y aún con los deberes sin hacer! Ahora cuando venga tu padre hablaremos los tres.

Yo siempre discutía con ella cuando me iba a castigar, comenzaba a quejarme, a decir que no era justo o a inventarme excusas muy buenas, como que unos extraterrestres me habían intentado secuestrar o que había mucho tráfico de gente andando por las aceras y me había sido imposible llegar antes. Con mis excusas sólo conseguía que mi madre me castigara no sólo por lo que había hecho, sino también por mentiroso. Y al final yo terminaba por enfadarme. Pero ahora no podía enfadarme, porque igual me volvía invisible en sus narices y eso sí que sería un buen lío. Así que decidí darle la razón.

—Llevas razón, mamá. Estábamos terminando el partido

y no me he dado cuenta. Así que castígame si me tienes que castigar —le dije poniendo cara de ser muy bueno. Y os aseguro que esa cara me sale muy bien.

Mi madre abrió mucho los ojos y me miró extrañada, como si no terminara de creerse lo que oía.

—¿Dices que te castigue? Tú te estás riendo de mí, ¿verdad?

—No, mamá. Llevas razón, se me ha hecho tarde, así que supongo que me tienes que castigar. No hay otro remedio.

Se quedó boquiabierta. Me puso la mano en la frente.

—Pues fiebre no tienes —dijo.

Y como no decía nada más aproveché para irme a la cocina a comerme unas galletas. Mi madre fue tras de mí. Pensaba que por fin se había decidido a castigarme, pero no.

—Ahora te duchas, que te has pasado toda la tarde jugando al fútbol y seguro que vienes sudado.

Así que no me castigó, porque no es que me guste mucho lo de ducharme, pero no entra dentro de lo que yo considero un castigo. Así que fui a ducharme. Cuando me ducho canto, porque me aburro y así se me hace más corto. Y entonces comencé a cantar, no una de esas aburridas canciones para niños que les gustan a mis padres, sino una que me acababa de inventar yo.

"Mi súper poder, tienes que temer, sí, oh, yeah, yeah."

Si algún día hacéis una canción os recomiendo que pongáis muchos "yeah". Quedan siempre bien.

Y entonces, de pronto, mientras cantaba, explotó una bombilla de las que estaban encima del espejo del baño. Paré de cantar. ¿Qué había pasado? ¿Se había fundido? ¿Había sido yo? Creía que no, así que seguí cantando. Y al momento explotó otra y el baño se quedó a oscuras. ¡Era mi voz! ¡Tenía súper canto destructivo y si cantaba rompía cosas! Era una gran noticia, pero ya la celebraría más tarde. Ahora tenía que salir de aquel baño que estaba a oscuras y con el suelo lleno de cristalitos de las bombillas. Llamé a mi madre, pero sin gritar mucho, no fuera que gritando también me cargara algo.

—¿Qué has hecho? —me preguntó nada más entrar.

—Yo nada —tuve que mentir. —Que de pronto han explotado las bombillas.

Mi madre barrió un poco el suelo y me sacó del baño en

brazos, por si aún quedaba algún cristal. Yo estaba muy contento. ¡Tenía dos súper poderes! ¿Y quién sabe si no tendría más? Al fin y al cabo me había bebido unos cuantos frasquitos de colores. Además debía ser el único súper héroe con "súper canto destructivo". Aunque tenía que probar ese poder mejor. Así que después de que llegara mi padre, mientras preparaban la cena, salí un momento a la calle sin que se dieran cuenta.

Me alejé un poco de mi casa y allí, en un callejón, volví a cantar.

—¡Mi súper poder, tienes que temer, si, oh, yeah, yeah!

Varios gatos callejeros comenzaron a maullar y a correr y dar saltos de un lado a otro como locos, el gallo del corral de mis vecinos se despertó y se puso a cacarear e intentó volar, dos o tres perros pasaron aullando a toda velocidad, un montón de pájaros salieron de sus nidos en los árboles, sin saber bien adónde ir a esas horas. Y de pronto la bombilla de una farola se rompió y los faros de un viejo tractor, que llevaba años en el descampado sin moverse, se agrietaron. ¡Sí, estaba claro, tenía súper canto destructivo!

Esa noche apenas pude dormir por todas las cosas que me habían pasado en un día. Y también porque tenía miedo de que en cualquier momento volvieran los súper héroes a por mí. Apoyé una silla contra la puerta, para impedir que la abrieran mientras dormía. E intenté mantenerme despierto. Era curioso. Me había hecho súper héroe para combatir a los malvados pero por ahora mis principales enemigos eran los súper héroes. La vida da muchas vueltas, como dice The Peonz. Las peonzas también. Al final, aunque no quería, me dormí.

CAPÍTULO 18

UNA VISITA BASTANTE ESPERADA

Al día siguiente tenía que ir al colegio, pero a la vez me daba miedo por si me tocaba encontrarme con los súper héroes. Sabían dónde vivía, y seguro que no estaban muy contentos conmigo por haberme bebido aquellas ampollas de colores. Así que no se iban a quedar de brazos cruzados, más que nada porque si te quedas de brazos cruzados no puedes conducir, llevar bicis, meterte los dedos en la nariz y muchas otras cosas.

A mí ya no me acompañan mis padres al colegio, pero esa mañana me hubiera gustado que lo hicieran. Cuando abrí la puerta de la calle miré a un lado y al otro de la acera. No había nadie, o al menos yo no vi a nadie. Pero, ¿y si algún súper héroe invisible estaba por allí escondido? Si yo era invisible, también lo podían ser ellos Tenía muchas dudas.

Os cuento unas pocas:

MIS DUDAS
SOBRE SER INVISIBLE:

1—¿Los súper héroes invisibles ven a los otros
súper héroes invisibles? (Si es que hay más,
igual soy yo el único en todo el planeta Tierra).

2—¿Si me comía una manzana siendo invisible,
se vería como me llegaba al estómago aunque
no se me viera a mí? Porque debe ser chulo
ver eso.

3—¿Qué pasaría si en clase me preguntaban,
no me sabía la respuesta, me ponía nervioso
me volvía invisible delante de todo el mundo?

Sí, muchas dudas y nadie que me las resolviera.

Conté hasta tres y salí a la calle corriendo. No es que sea
muy rápido, pero así les sería más difícil pillarme si estaban
escondidos por allí. Pero nadie me siguió y llegué sin
problemas a clase. Me senté atrás, en mi sitio, a un lado tenía

la ventana que da al patio y al otro a Julito. Dimos matemáticas con la HipoTeresa, y multiplicamos varios tipos de frutas, las dividimos y así nos pasamos el rato. Después llegó The Peonz, que ese día empezó a contarnos cómo se dice en inglés "mi hermana es guapa". Pero no nos explicó cómo se decía, por ejemplo, "yo no tengo hermana, ni guapa ni fea", lo que me habría sido más útil. Yo estaba un poco distraído, pensando en qué pasaría si me volvía invisible y me iba de clase sin que nadie se enterara. Cuando, de pronto, a través de la ventana, los vi. En el patio, medio escondidos tras los árboles, estaban Súper Tufo, el Hombre Bombilla y Súper Cosquillas. Me seguían y se habían colado en mi colegio para atraparme.

Entonces vi que el director, don Ramón, se les acercaba y los saludaba contento y se ponían a hablar. ¡Y yo no podía oír qué decían! Después de hablar un poco se fueron todos juntos hacia dentro. Me empecé a asustar, y mucho. ¿Qué iban a hacer? ¿Le dirían al director que en el colegio había un niño súper héroe? ¿Me suspenderían por tener súper poderes? ¿Les ayudaría el director a atraparme? Miré a la ventana y ya no se veía mi reflejo en el cristal. De nuevo era invisible. Menos mal que Julito, que estaba a mi lado, andaba distraído dibujando peras y manzanas en su libreta. No era clase de dibujo pero a veces él dibuja en la clase de inglés y en la de dibujo cuenta segundos para calcular cuánto queda para salir y en la de matemáticas escribe los números en inglés. Julito es así. Entonces se abrió la puerta y entró el director.

—¡Niños, hoy tenemos visita! ¡Han venido unos súper héroes de la capital a visitarnos! Pasen, pasen, señores.

Y mis compañeros gritaron emocionados. La verdad es que gritamos emocionados siempre que alguien interrumpe una clase, aunque sea un ratón que ha entrado en el aula sin querer. Creo que si algún día pasa una piedra también gritaremos emocionados. Todo con tal de no seguir dando clase. Pero esta vez la emoción se pasó pronto. Justo cuando vieron que los que entraban eran el Hombre Bombilla, Súper Cosquillas y Súper Tufo. Que la verdad, no es lo mismo que ver entrar a Superman, Lobezno o Spiderman.

—Pues aquí tienen una clase. Si nos hubieran avisado con tiempo habríamos reunido a todos los niños en el patio o en el salón de actos. De hecho si quieren, cuando llegue el recreo, podemos juntarlos a todos allí.

—¡Sí, vamos ya al patio! —gritó Mario.

—A callar —le dijo al momento The Peonz —No se va a ningún lado hasta que suene el timbre.

—¿Se le pueden tocar las bombillas? —preguntó Julito mientras se acercaba al Hombre Bombilla.

—¡No, no se puede tocar! ¡A tu sitio ahora mismo! —dijo The Peonz.

—Sólo quería ver dónde lleva el interruptor y si son de bajo consumo —dijo Julito, muy frustrado—. En mi casa ya todo es de bajo consumo.

Y entonces vi que Julito se había dado cuenta de que yo no estaba a su lado y se había puesto a mirar a uno y a otro lado buscándome extrañado.

—¡Seño, seño! —dijo levantando la voz.

—A callar Julito —le dijo The Peonz.

—Pero…

—¿No te han dicho que te calles, Julito? ¡Pues cállate! —dijo el director, algo enfadado. —Pues nada, ustedes dirán lo que quieren contarle a los niños.

Los súper héroes se miraron. Parecía que no tenían muy claro lo que iban a contar. Y yo sabía por qué: no querían contar nada. Sólo estaban allí para atraparme.

—¡Hagan algo con sus súper poderes! —les pidió Tono.

—¡Que vuelen, que vuelen! —comenzó a gritar Julito.

Y varios niños lo imitaron y al final se pusieron todos a pedir que volaran.

—¡Que vuelen, que vuelen! —coreaban.

—¡Silencio! —gritó el director.

Y por fin consiguió que se callaran.

—Esto… ninguno de nosotros volamos —tuvo que reconocer Súper Tufo, algo avergonzado por no poder volar.

—Que los tiren desde la azotea. Ya veréis como sí que vuelan —dijo Tono.

—Ahora después hablaremos tú y yo —le dijo el director. Y se dirigió a los súper héroes.

—Ustedes dirán qué quieren hacer con los niños —dijo el director.

Los súper héroes se seguían mirando entre ellos, sin saber qué decir. Por fin Súper Cosquillas habló.

—Pues… Vamos a darles una charla. Sí, una charla sobre la vida de súper héroe. Vamos, Súper Tufo, cuéntale algo a los niños de… del trabajo de súper héroe —dijo.

—¿Yo? No, mejor dilo tú —le contestó Súper Tufo.

—Yo soy el presidente —dijo Súper Cosquillas.

—Pues por eso —le respondió Súper Tufo.

—Hombre Bombilla, ¿quieres hablar tú?

El Hombre Bombilla estaba junto a la puerta, como para asegurarse de que nadie saliera de allí sin que él se diera cuenta. Y mientras tanto yo no hacía más que pensar en cómo escaparme del aula. Si me agarraban delante de mis compañeros, sería el final de mi secreto y además, igual The Peonz me ponía algún negativo por ser invisible. No es que hubiera puesto antes negativos por algo así, pero The Peonz es capaz de ponerte negativos por cualquier cosa. Una vez a Jaime Vote le puso un negativo por apellidarse Vote, con uve, porque The Peonz decía que ese era un apellido con falta de ortografía. Tuvo que venir el padre de Jaime muy enfadado, diciendo que en su casa se apellidaban como les daba la gana y que le quitara el negativo a su hijo. Así que si me pillaba a mí siendo invisible era capaz hasta de suspenderme. Me acerqué a una ventana que estaba medio abierta. Pero tras el cristal había una reja y era imposible salir por allí. Y mientras, los súper héroes seguían discutiendo quién hablaba.

—¡En las reuniones siempre quieres hablar tú y ahora te callas! —le decía enfadado Súper Tufo a Súper Cosquillas.

—Porque los niños no se me dan bien —le contestó Súper Cosquillas.

—¡Nada se te da bien! —dijo harto Súper Tufo.

Él director los miraba algo incómodo, y comenzó a carraspear, como para que dejaran de discutir.

—¿Qué les parece si los niños les hacen alguna pregunta? —sugirió el director.

—Sí, que pregunten lo que quieran —dijo Súper Tufo.

—¿Lo que queramos? —dijo contento Julito por la oportunidad que le daban.

—¿Están seguros de que quieren hacer eso? —les dijo The Peonz, no muy convencida —. Es que a veces pueden hacer preguntas un poco… especiales.

—Bueno, para algo somos súper héroes, sabremos manejar la situación —respondió muy seguro de sí mismo Súper Tufo.

—Está bien —dijo The Peonz—. Allá ustedes. ¡Niños, escuchad! Podéis preguntarles lo que queráis a los señores súper héroes ¡Pero a ver, quiero preguntas con sentido! ¡Y con educación!

Varias manos se levantaron al momento.

—¡Yo, yo! —dijo Marita.

—Di, niña —dijo Súper Tufo

—¿Por qué los trajes les quedan tan apretados y a la vez tienen tantas arrugas mientras que en las fotos que salen en la tele les quedan bien? ¿Los trajes han encogido o ustedes han aumentado? ¿Las fotos son de hace tiempo o están retocadas con ordenador? —les preguntó. Y al oír lo que preguntó comprenderéis que esté enamorado de ella. Es genial haciendo preguntas.

Los súper héroes se pusieron colorados, creo que porque les daba vergüenza la pinta que llevaban. The Peonz miró al suelo, como si se le hubiera perdido algo por allí, pero creo que era para que no se le viera que ella también estaba muerta de la vergüenza.

—Eh, bueno, es que cuando se sale en la tele parece que estás más delgado de lo que realmente estás —se excusó Súper Tufo.

—¿Y no sería mejor que en lugar de esos trajes tan apretados llevaran túnicas? —dijo Marita.

—¿Dónde has visto tú a un héroe con túnica? —le contestó Rufo.

—Gandalf lleva túnica —dijo Íñigo.

—¡Pero Gandalf no es un súper héroe, es mago! —dijo Rufo.

—Vale, niños, vale, no nos importa lo que lleve Gandalf porque no existe —dijo The Peonz.

—¿No? —dijo muy disgustado Julito.

—No. Siguiente pregunta —dijo The Peonz.

—Yo, yo —levantó la mano Mario. —Señor de las bombillas, ¿usted cuánto paga de factura de luz al mes? —preguntó.

—Yo llevo baterías, niño —dijo el Hombre Bombilla.

—Pero a algún lugar enchufará la batería. ¿O las roba de los coches? Sabe, mi padre es policía y no le gustaría saber que va usted por ahí robando baterías.

—Somos súper héroes, no robamos —dijo algo enfadado el Hombre Bombilla.

—Pero, ¿tiene papeles que demuestren que ha comprado las baterías? —preguntó Mario, que algún día será un genial policía o un ladrón genial. O igual las dos cosas.

—¡Ya basta! —dijo The Peonz. —Otra pregunta.

—En una pelea entre usted y Superman, ¿cuánto tiempo aguantaría antes de que Superman le ganara? —le preguntó Valdo a Súper Cosquillas.

—No pienso pelearme con Superman ni con nadie.

—Claro, porque le puede, ¿verdad? —le dijo Armando.

—Ya basta de hablar de peleas —dijo The Peonz.

—Es que Armando siempre está hablando de peleas, seño. Dice que de mayor va a ser boxeador —dijo Quique Comemocos.

—Tú cállate, chivato, o nos peleamos al salir de clase —le dijo Armando.

—¡Yo no soy un chivato! —le contestó Quique.

Se montó un poco de lío y The Peonz intentó poner orden.

—Ya sabía yo que no era buena idea lo de las preguntas —les dijo The Peonz a los súper héroes y al director.

Y entonces sonó el timbre del recreo y todos mis compañeros se levantaron al momento gritando, que es lo que hacemos cuando suena el timbre del recreo.

—¡Alto, alto! ¿Os he dicho yo que salgáis? —gritaba The Peonz. Pero con el ruido que hacían no se la oía apenas.

¡Era mi oportunidad para escapar! Tenía que meterme entre mis compañeros y salir al patio. Pero vi cómo al momento los súper héroes se ponían en la puerta.

—Si no le importa nos gustaría despedirnos de los niños uno por uno —dijo Súper Cosquillas.

—Claro, como quieran. —dijo el director.

Y se colocaron en la puerta, de forma que nadie pudiera salir si ellos no se movían.

—Bien, niños, id despidiéndoos de los señores súper héroes.

Y mis compañeros fueron saliendo, uno a uno, y pasando entre Súper Tufo y Súper Cosquillas, que estaban junto a la puerta, dándoles la mano y controlando que nadie pudiera salir si ellos no se movían un poco para permitirlo. Y al poco sólo estábamos allí los tres súper héroes, The Peonz y yo. Hasta el director se había ido al patio.

—Si quieren pueden venir a la sala de profesores y les presento a mis compañeros —dijo The Peonz.

—Encantados, señora. En unos minutos vamos, pero si

nos puede dejar a solas un momento, queremos discutir unos puntos de nuestra próxima misión. Un asunto secreto –le dijo Súper Cosquillas.

–Claro, claro. Cuando terminen vayan al fondo del pasillo, que allí está la sala de profesores y se toman un cafelito con mis compañeros.

Y The Peonz se fue, dejándome solo con ellos. Cerraron la puerta y me hablaron.

–Sabemos que estás aquí, Francisco José. Queremos hablar contigo, pero será todo más fácil si te vuelves visible.

Yo no les contesté, ni me moví para no hacer ningún ruido.

–Este niño no va a ayudar en nada, ya os lo digo yo –dijo el Hombre Bombilla –Vamos a tener que hacerlo visible por las buenas o por las malas.

Y abrió una mochila y sacó varios aerosoles de pintura.

–Niño, si no apareces vamos a comenzar a echar pintura por todo el aula. Y cuando caiga sobre ti podremos verte – dijo enfadado.

Pero yo seguía sin moverme ni decir palabra. Y el Hombre Bombilla le quitó la tapa a uno de los aerosoles de pintura, y lo agitó un poco.

—Espera, espera —le dijo Súper Cosquillas —No podemos manchar el aula con pintura.

—¿Entonces qué hacemos? ¿Dejamos a un niño suelto por el mundo con súper poderes? ¿No ves que podrá hacer todo tipo de trastadas? —dijo el Hombre Bombilla.

—No, no podemos dejarlo suelto. Pero mejor será que usemos algo que no manche en lugar de pintura —dijo Súper Cosquillas.

Y cogió un extintor que estaba colgado en la pared.

—Pacopé, es tu última oportunidad. O te vuelves visible o nosotros haremos que lo seas cuando te caiga la espuma del extintor encima.

Pero yo no estaba dispuesto a entregarme, y aunque quisiera no me podía hacer visible, porque estaba muy nervioso.

—Pacopé, cuando termine de contar hasta diez, comenzaré a echar espuma por todo. Así que vuélvete visible. Uno, dos, tres, cuatro, cinco, seis, siete…

Pero lo que hice fue meterme debajo de una mesa para que no me cayera encima la espuma.

—...ocho, nueve y diez —terminó de contar Súper Cosquillas. Y comenzó a echar espuma por toda la clase.

La espuma caía a mi alrededor, pero la mesa me protegía. Las sillas y las mesas comenzaron a cubrirse de blanco, también el suelo, como si estuviera nevando sobre el aula. Los súper héroes miraban a todos lados, intentando descubrirme.

—No se le ve —dijo Súper Tufo. —¿Y si ha salido? ¿Y si no estaba dentro cuando llegamos?

—Echa espuma también debajo de las mesas —dijo el Hombre Bombilla. —Seguro que está ahí.

Aquello se ponía mal, en cualquier momento me echarían encima espuma y me haría visible. Así que decidí salir de debajo de la mesa y colocarme en otro sitio.

—¡Ahí está, mirad las huellas! —grito el Hombre Bombilla señalando unas pisadas que yo había dejado sin querer sobre la espuma blanca. —¡Vamos, echad espuma hacia allá!

Rápido, volví a pisar sobre mis huellas para no dejar unas nuevas, y retrocedí. Súper Cosquillas corrió hacia mí, pero se resbaló y se cayó al suelo. Entonces, por suerte, dejó de salir espuma del extintor.

—¿Qué le pasa? —preguntó Súper Tufo.

—Que se ha acabado —dijo el Hombre Bombilla mientras corría hacia donde estaban las huellas de mis pies y daba manotazos al aire intentando agarrarme.

—¡A por los sprays de pintura! ¡Vamos, no puede escapar! —dijo Súper Tufo muy nervioso.

Parecía que no era suficiente para ellos haber llenado de espuma la clase. Ahora la iban a llenar de pintura.

—Pero, ¿qué va a decir el director? ¿Que unos súper héroes han llegado y les han destrozado el aula? —dijo Súper Cosquillas, que parecía el más sensato de ellos.

—Luego pagaremos todos los daños. Pero hay que atraparlo. ¡No podemos dejar a un niño suelto con súper poderes! ¡No causaría más que desastres! —dijo el Hombre Bombilla.

—Me parece que los desastres los estamos causando nosotros hoy —dijo sabiamente Súper Cosquillas.

Pero no le estaban haciendo caso y Súper Tufo y el Hombre Bombilla ya tenían los sprays en sus manos. El Hombre Bombilla comenzó a echar pintura verde por todo el aula y yo ya no sabía dónde meterme. Y en ese momento se abrió la puerta y asomó The Peonz acompañada por el director. Ambos se quedaron boquiabiertos al ver aquello. ¡Tres súper héroes que no sólo les habían llenado el aula de espuma, sino que encima estaban manchando las paredes con pintura!

—¡¿Qué diantres está pasando aquí?! —preguntó don Ramón muy enfadado.

Tengo que decir que al director le gusta mucho decir "diantres", aunque yo no sé bien qué significa eso.

El Hombre Bombilla se dio cuenta de que tenían testigos y paró de echar pintura y miró a sus compañeros sin saber qué decir.

—Yo… esto… —comenzó a balbucear —Mejor se lo explicas tú, Súper Tufo.

Súper Tufo observó todo el desastre. El aula llena de espuma, una pared pintada con el aerosol, muchas de las sillas y las mesas también, una gran línea verde de pintura en la pizarra… Aquello tenía difícil explicación.

—Yo, nosotros… Pues… la verdad… —fue todo lo que alcanzó a decir.

—¿No pueden justificar por qué nos han dejado así el aula? Está, bien, ahora mismo voy a llamar a la policía, a ver si a ellos sí se lo quieren explicar —dijo el director muy enfadado.

—No, no llame a nadie. No se preocupe que le vamos a dejar el aula tal y como estaba —dijo Súper Cosquillas —Y le pagaremos todos los desperfectos.

—¡Tengo a treinta niños ahí fuera que tienen que dar clase aquí en veinte minutos! ¿Lo van a tener limpio para entonces? —dijo The Peonz, que también estaba muy enfadada.

Yo aproveché su discusión para irme sin hacer ruido. Creo que el Hombre Bombilla vio mis pisadas, porque se quedó mirando hacia donde yo estaba. Pero con el director y The Peonz enfrente no se atrevió a decir ni a hacer nada.

¡Estaba en el patio, lleno de niños jugando durante el recreo! Unos cuantos habían descubierto que en nuestra aula había pasado algo y se asomaban por la ventana. Otros jugaban a pillar, así que tenía que ir con cuidado, para que no se chocaran contra mí. Pasó por allí corriendo Íñigo, muy chulito él, a punto de pillar al pobre Armando. Sé que no está bien, pero no pude evitarlo y le puse la zancadilla. Cayó de morros al suelo, y desde allí miró hacia un lado y otro, sin comprender qué había pasado. Se la debía, aunque no sé muy bien porqué. Aparte de elegirme el último para jugar al fútbol no me había hecho nada. Pensé que en un futuro, si quería ser un buen súper héroe, no podría comportarme así.

Y ahora, ¿qué podía hacer? No tenía ni idea. Los súper héroes sabían dónde vivía, dónde estaba mi colegio. Y ya había visto que estaban decididos a atraparme. ¿Me iba a tener que pasar la vida huyendo de mis colegas? ¿Cómo triunfar en el mundo como súper héroe con ellos siempre persiguiéndome? Estaba claro que tenía que dejar el pueblo, a mis padres e irme a algún lugar donde no me conociera nadie, donde los súper héroes no pudieran encontrarme. Necesitaba dinero, así que había llegado el momento de romper mi hucha, donde por lo menos guardaba ocho euros. No era mucho, pero menos da una piedra porque, como todos sabéis, las piedras no dan nada, a no ser que sean piedras de oro.

Me fui hacia la verja del colegio dispuesto a saltarla. Mire hacia atrás con tristeza. Allí estaban todos mis amigos, también Pedrito el Tremendo, que había sido mi principal enemigo, Marita, mi casi novia aunque ella no lo supiera. Contemplé el edificio por última vez. Allí había aprendido a leer, a sumar, a hacer exámenes sorpresa que ya no me daban ninguna sorpresa, a jugar a juegos que ya casi sólo se juegan en el pueblo, como cagarrucha, churro va, el marro... Todos los recuerdos de mi larga vida de diez años quedaban atrás. Pero tenía que partir lejos. Salté la verja y llegué a la calle.

Me fui a mi refugio secreto y cogí mi disfraz. Después me fui al bosque que hay a las afueras del pueblo, porque me estaba tranquilizando y en cualquier momento sería visible. Y si Antoliano, el guardia municipal, ve a un niño por la calle en hora de colegio, se chiva inmediatamente al director y a los padres.

Ya en el bosque me subí a un gran chopo que tiene cientos de metros. Bueno, igual no tantos. Pero los suficientes para ver desde allí todo el pueblo. Y desde allí vi que los niños salían del cole. Y luego vi a mi madre pasar por la plaza. Y pensé que no me podía marchar sin despedirme de ella, sin explicarle todo lo que había pasado. Así que decidí volver por última vez al pueblo.

Me puse a pensar en cosas que me pusieran nervioso para volverme invisible, porque temía que los súper héroes siguieran por allí. Pero llegué hasta mi casa sin encontrármelos. Ahora sólo tenía que coger el dinero de mi hucha, mi cortaúñas e irme para siempre. Nada más entrar me encontré con mi madre, que me miró muy seria, como si estuviera muy enfadada conmigo.

—Pasa, anda, pasa. Que no ganamos para disgustos contigo —me dijo.

—¿Y eso? ¿Qué he hecho? —le pregunté, pensado que igual ya habían llamado desde el colegio para decirles que había hecho novillos.

Pero no, no era eso, y al pasar al salón no tuve que preguntar qué era lo que había hecho porque allí estaba la respuesta.

CAPÍTULO 19

LA NEGOCIACIÓN

Sí, allí, junto a mi padre, estaban el Hombre Bombilla, Súper Tufo y Súper Cosquillas. Y al momento me puse nervioso y comencé a volverme invisible.

—¡Cierre la puerta o se escapa, señora! —gritó Súper Cosquillas.

Y mi madre, pese al susto que se le veía en la cara, cerró la puerta y me cogió de la mano.

—Hijo mío —dijo asustada —¿Qué te pasa?

—Tranquila, mamá, que no duele —le respondí mientras me hacía invisible del todo.

—El niño lleva razón, no es doloroso, no pasa nada —dijo Súper Tufo.

—¿Cómo que no? ¡Mi hijo se acaba de volver invisible y

aún me dice usted que no le pasa nada? ¿Dónde ha visto usted a un niño invisible? —les dijo muy enfadada.

—Mamá, no se puede ver a un niño invisible.

—Por eso. ¡Vuélvete visible ahora mismo o te llevarás un zapatillazo!

—No puedo, me vuelvo invisible al ponerme nervioso o asustarme. Y los zapatillazos no van a ayudar a que me tranquilice.

—Está bien, nada de zapatillazos.

—Hijo, ven, siéntate aquí a mi lado y cálmate —dijo mi padre —Estos señores súper héroes dicen que te bebiste unos líquidos que te han dado súper poderes.

—Que ya les vale a ustedes llevarse a nuestro hijo del pueblo. ¡Estoy por denunciarlos por secuestro! —les dijo mi madre muy enfadada. Y yo puse cara de no haber atracado un banco en mi vida. Es una cara muy difícil.

—No era un secuestro, vino por su propia voluntad. Descubrimos que había estado implicado en el atraco al banco del pueblo y queríamos hacerle ver que no puede ir por ahí jugando a ser súper héroe.

—¿Pero qué dice? ¿Cómo va a atracar esta criatura nada?

—Su hijo es el Enano con Capa —dijo Súper Cosquillas.

—¡No me llamo así! —protesté indignado. ¡Soy Súper Sin Nombre!

—¿Tú tuviste algo que ver con el atraco? —me preguntó mi madre sin terminar de creérselo.

—¡Yo no atraqué nada! ¡Y mi nombre de súper héroe no es el Enano con Capa! —dije enfadado.

—No, te llamas Pacopé y te prohíbo que seas súper héroe! —dijo mi madre.

—Nosotros también queremos prohibírselo, señora —dijo Súper Cosquillas.

—A ver, señores, ¿cuándo se le va a pasar esto de la invisibilidad a nuestro hijo? —preguntó mi padre.

Los súper héroes se miraron sin saber qué decir. Por fin habló Súper Cosquillas.

—Bueno, igual se le pasa, pero igual no... No lo sabemos

—¿Que no lo saben? —preguntó mi madre, cada vez más enfadada.

—La cuestión es que se bebió cinco líquidos distintos que nuestros científicos están desarrollando para lograr nuevos súper poderes. Y las ratas con la que ensayamos la invisibilidad se volvieron invisibles y no las encontramos para saber cuánto dura el efecto.

—¿Están creando ratas súper héroes? —pregunté sorprendido.

—No, sólo experimentamos con ellas.

—¿Me está diciendo que hay por ahí sueltas ratas invisibles? —preguntó mi madre con cara de mucho asco.

—Bueno… Sólo son veinte, y están en la capital. O eso creemos —dijo Súper Bombilla.

—El problema es que su hijo se bebió diferentes líquidos que pueden hacer que tenga súper poderes. Y no sabemos cuáles pueden ser, aparte de la invisibilidad. Ni cuánto pueden durarle esos poderes.

—O sea, que no saben nada —dijo mi padre bastante enfadado.

—No mucho. Y por eso vinimos al pueblo. Para hablar con Pacopé y darle a probar un antídoto para que se le quiten los súper poderes. Aquí lo tenemos.

Y sacó un frasquito con un líquido transparente.

—¿Y si se bebe eso volverá a ser visible para siempre y se acabará esta historia? —preguntó mi madre.

—Eso nos ha dicho nuestro científico jefe —dijo Súper Tufo.

—Ya… ¿El mismo científico que ha dejado escapar a las ratas, no? —preguntó mi madre.

Súper Tufo asintió.

—Así que no están seguros de que vaya a hacer efecto —dijo mi padre.

—Bueno, este antídoto sólo lo hemos probado una vez con el Hombre Bombilla, que había conseguido un poder que no le gustaba mucho.

—¿Y qué súper poder era ese? —pregunté.

—Se supone que iba a ser súper fuerza —dijo Súper Tufo. —Pero al final sólo consiguió "súper meado". Hacía pipí con un chorro muy potente

—Sí —reconoció avergonzado el Hombre Bombilla —Y cada vez que iba al baño dejaba el aseo tan sucio que mi mujer casi me echa de casa.

—¿Y funcionó el antídoto? —le preguntó mi padre.

—Sí, funcionó. Aunque es cierto que ahora me crecen muy largas las pestañas y me las tengo que cortar todos los días.

—¡Yo no quiero pestañas largas y que se me pasen los súper poderes! —dije.

—¿"Los"? —preguntó alarmado Súper Cosquillas —¿Es que has desarrollado más de un poder?

—¿No sólo eres invisible? —preguntó alarmada mi madre.

—¿Qué más poderes tienes? —preguntó mi padre.

—Bueno, yo… Tengo "súper canto destructor". Si canto se rompen cristales, vidrios. Si quieren hago una prueba.

—¡Ni se te ocurra! —dijo mi madre. —¡Así que tú rompiste las bombillas del aseo!

—Fue sin querer, mamá. Yo no sabía que tenía también ese súper poder.

—La verdad es que puede que aún aparezcan más súper poderes, señora. Se bebió cinco frasquitos.

—¡Dénle ahora mismo ese antídoto! ¡No estoy dispuesta a tener un hijo con súper poderes! ¡Si ya sin ellos destroza todo! —dijo mi madre.

—¡Pero yo quiero tener súper poderes! ¡Quiero ser un súper héroe!

—¡He dicho que no! ¡Tú serás lo que tu padre y yo digamos!

—Por favor, papá, no quiero dejar de ser súper héroe.

—No puede ser, hijo. Tu madre y yo queremos que seas arquitecto, o médico, pero no súper héroe. Además, es muy raro esto de hablarte sin poder verte.

—Porfaporfaporfaporfa…

—¡Que te bebas eso ahora mismo! —dijo mi madre muy muy muy seria.

Y cogió el frasquito con el líquido y lo alargó hacia donde ella creía que yo estaba y me dio en las narices con su mano.

—¡Ay, mamá! ¡Que me has dado en la cara!

—Perdona, hijo, ha sido sin querer. ¡Y ahora, bébetelo!

Hice un último intento mirando con cara de mucha lástima a mi padre.

—Por favor, papá…

Pero como no podía ver mi cara de dar mucha lástima, no me sirvió de nada.

—Hijo, ¿no ves que no podrás llevar una vida normal siendo súper héroe? Mira a estos señores. Mira qué pinta que llevan. ¿Crees que podrías ir a un banco a pedir un préstamo con esa pinta?

—Oiga, señor —que nosotros también podemos ponernos ropa de persona normal si es necesario —dijo Súper Tufo.

—Estoy intentando convencer a mi hijo, señores, al menos colaboren un poco —dijo mi padre.

—Sí, disculpe. Niño, tu padre lleva razón. Esta es una vida de muchos sacrificios. Y tener un gran poder conlleva una gran responsabilidad —me dijo Súper Tufo.

—Eso lo dijo Spiderman, que lanza telas de araña y sube por las paredes. Pero no creo yo que tirarse pedos muy apestosos conlleve una gran responsabilidad —le contesté.

—Hijo, no le hables así a estos señores —me dijo mi padre.

—Estos señores son los que nos han metido en este lío, así que el niño puede hablarles como quiera —le dijo mi madre muy enfadada.

—Gracias, mamá.

—Sí, gracias y lo que tú quieras pero ahora bébete eso —dijo ella.

—Pero…

—¡No hay peros! ¡A bebértelo!

Y tuve que coger el frasquito. Allí iban a acabar mis días de súper héroe. Qué poco habían durado. Le quité el tapón al frasquito. Todos me miraban, aunque en realidad sólo podían ver el frasquito y el tapón volando. Y le di un trago a aquel líquido. Me sabía parecido a los otros que me había bebido en la sede de los súper héroes. Pero también sabía un poco a tristeza. Todos miraban muy atentos a dónde creían que yo estaba, esperando que pasara algo. Y así siguieron unos segundos pero, pasar no pasaba nada.

–No se vuelve visible –dijo por fin mi madre.

–Tarda un poco en hacer efecto. Tiene que llegar a la sangre –dijo Súper Cosquillas.

–¿Estás ahí, hijo? –me preguntó mi padre. Y alargó su mano para tocarme.

–Sí, fesfoy afí, pedo quidame la mado de la boca –dije como pude, porque tenía los dedos de mi padre en los labios.

–¿Te encuentras bien?

–Sí… Bueno, un poco invisible. Pero bien –contesté.

Y entonces, poco a poco me fui volviendo visible.

–¡Se ve, se ve, comienza a verse! –dijo feliz mi madre y me abrazó.

Los súper héroes parecieron respirar tranquilos.

—Uf, menos mal —dijo Súper Tufo. —Parece que la invisibilidad se le ha pasado. Ahora queda ver si se le ha pasado también el súper canto.

—A ver, Pacopé, canta algo, pero flojito.

—Es que me da vergüenza cantar delante de tanta gente —contesté.

—¿Te da vergüenza cantar y luego no te da vergüenza disfrazarte como un mamarracho e irte al banco con una pistola de agua? Vamos, canta algo —dijo mi madre muy seria.

Menudo día. Me habían perseguido con extintores, intentado llenar de pintura, iba a perder mis superpoderes y encima tenía que hacer el ridículo cantando delante de toda esa gente.

—¿La canción del de "Antonio el Erizo al que le gusta el chorizo" está bien?

—¡Vamos, la que sea! —dijo mi madre impaciente por comprobar que había perdido todos mis poderes.

—Vale, voy.

Y comencé a cantar.

—¡Antonio el erizo es muy peculiar, come chorizo todo el día sin parar!

Y de pronto se oyó como un crujido y apareció una grieta en la pantalla de la tele de mi padre y se rompieron unos vasos.

—¡La tele, mi tele de cincuenta y una pulgadas! —aulló mi padre desesperado.

—¿Y mi hijo? ¿Dónde está mi hijo? ¡Se ha vuelto invisible otra vez! —dijo mi madre mirando muy enfadada a los súper héroes.

—Vaya, nosotros... Pues parece que no funciona —dijo Súper Tufo.

—No seamos pesimistas. Tendremos que esperar un poco más —dijo Súper Cosquillas.

—¡¿Cómo no vamos a ser pesimistas?! ¡Mire cómo me ha dejado la tele! ¡Pero esta me la pagan ustedes, vaya que si me la pagan! —dijo mi padre muy enfadado. Y es que aparte de a nosotros dos y a Tormento, nuestro gato, yo creo que lo que más quiere en el mundo mi padre es a esa tele.

Así que esperamos. Y esperamos. Mi madre sacó algo de merendar. Y seguimos esperando. Yo me volví visible. Pero de pronto mi madre dijo:

—¡Examen sorpresa!

Y del susto me volví de nuevo invisible.

—Parece que su hijo va a seguir teniendo súper poderes, señores —dijo Súper Tufo muy serio.

—Maldita la gracia que me hace. ¿Ustedes saben lo que nos cuesta que se porte bien sin tener súper poderes? Ahora que tiene esos poderes, ¿cómo lo vamos a conseguir? —preguntó mi madre.

—Nosotros lo único que podemos hacer es permitir que venga a nuestra academia de súper héroes. Allí podrá aprender a manejar con cabeza sus poderes, para que no haga daño a nadie ni se lo haga a sí mismo.

—Sí, pueden hacer eso. Y también pagarme la tele. —añadió mi padre.

—¿Y ustedes saben manejar sus poderes con cabeza? ¡¿Ustedes que se han llevado a un niño sin permiso de nadie, y han permitido que se bebiera esos líquidos?! ¿Ustedes van a enseñarle algo a mi hijo? —les dijo mi madre muy enfadada.

—Señora, reconocemos los fallos, pero han sido imprevisibles. Si su hijo viene allí le garantizamos que aprenderá a no hacerle daño a nadie y a manejar sus súper poderes con responsabilidad.

—Yo sí quiero hacerle daño a alguien con mis súper poderes: A los villanos. Si no es así no pienso ir a ninguna academia —dije yo.

—Niño, eres muy pequeño, no puedes ejercer como súper héroe hasta que pasen unos años. Tienes que comprender eso —dijo Súper Tufo.

—Entonces no voy —le respondí.

Mis padres suspiraron.

—O vas a esa academia o te apuntamos a clases de inglés, matemáticas y francés todas las tardes —dijo mi madre.

—A la academia —dije sin pensármelo un segundo. Cualquier cosa es mejor que pasarse las tardes dando clases de apoyo.

—Bien, pues el lunes que viene nos pasaremos por la tarde a recogerlo. Mientras, apunten en esta libreta cualquier síntoma o súper poder que le vean. Y tú, niño, no le digas ni una palabra a nadie de tus súper poderes.

—No lo haré —prometí.

—¿Es discreto? —preguntó Súper Cosquillas a mis padres.

—¿Si soy qué? —pregunté yo, que no sabía que quería decir eso de discreto.

—No mucho —dijo mi madre. —Pero de esto de sus súper poderes no nos había contado ni una palabra, así que igual sí que es capaz de callárselo.

—Pues sigue siendo tan discreto —dijo Súper Cosquillas.

—¿Qué es eso de discreto? ¿Como ser mudo?

—Parecido. Hombre Bombilla, dame una libreta para el niño. Quiero que apuntes en ella cualquier síntoma, cualquier cosa que te pase hasta nuestro próximo encuentro.

—Entonces no me dé una libreta. Déme varias. Y algún boli. Es que seguro que me van a pasar muchas cosas.

Y el Hombre Bombilla miró en la mochila donde llevaban los sprays.

—No hemos echado libretas —dijo.

—Bueno, si no me dan libretas pero me dan treinta euros tampoco pasa nada —les dije. —Ya me las compro yo.

—¡¿En qué estáis pensando?! —les dijo Súper Cosquillas enfadado. —¡No hacéis nada bien, siempre estáis olvidándoos cosas!

—¡Si estamos aquí es por tu culpa! —contestó Súper Tufo —¡No tenías que haber guardado esos líquidos en tu cajón, sino en la caja fuerte!

—¡Y vosotros no teníais que haber dejado a un niño solo en el despacho!

Y de pronto empezaron a discutir más y más y Súper Tufo comenzó a atufar nuestro salón, Súper Cosquillas a hacerles cosquillas y el Hombre Bombilla a iluminar todo.

Como olía fatal y había mucha luz mis padres y yo nos salimos al balcón mientras ellos seguían con su pelea.

—¿Tú crees que hacemos bien dejando que Pacopé se junte con esta gente? —dijo mi madre poco convencida.

Mi padre suspiró. Él tampoco lo tenía muy claro.

—No lo sé. Son los únicos que saben de súper poderes. Aunque no tengo muy claro que sepan manejarlos.

—Pero yo quiero ir con ellos y aprender —dije yo.

—Pero si hace un momento decías que no.

—Porque no quieren que use mis poderes. Pero los usaré.

—Tú no vas a usar ningún poder sin mi permiso —dijo mi madre.

—Pero, soy un súper héroe.

—Me da igual. En esta casa mando yo…

Mi padre carraspeó mientras miraba a mi madre.

—En estas casa mandamos tu padre y yo, y no se usan súper poderes hasta que lo digamos nosotros —dijo mi madre.

—¿Y fuera de la casa? —pregunté.

—Lo mismo. Y ahora a tu cuarto, castigado.

—¿Pero por qué?

—Por hacerte súper héroe sin nuestro permiso.

—Y si os hubiera pedido permiso, ¿me habríais dejado ser súper héroe?

—No. A tu cuarto.

Y me fui a mi habitación mientras los súper héroes seguían discutiendo en el salón. Pero aunque me habían castigado, estaba contento porque tenía dos súper poderes chulísimos o igual más y a la semana siguiente mis padres me iban a llevar a la Academia de Súper Héroes. Y allí me convertiré en el primer súper héroe niño del país. Pero todo eso ya os lo cuento otro día.

FIN

Petición

¿Os han gustado las aventuras de "Pacopé"? Si es así nos haríais un gran favor si puntuáis el libro en Amazon.es. Así ayudaréis a que otros niños y niñas lo conozcan y también puedan disfrutarlo.

Y si queréis leer otro libro para niños de Félix Jiménez Velando podéis continuar con "Calcetines", la historia de dos hermanos calcetines, Tol y Flix, que un día se ven separados y todas sus aventuras para encontrarse, editado por la editorial Bambú.

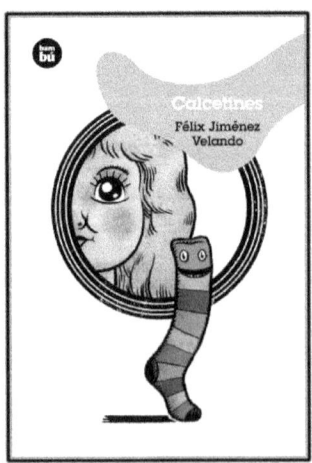

Y ya para los mayores de la casa:

— "Te vas a reír cuando te lo cuente", recopilación de cuentos de humor.

— "Yoga a primera vista", novela de humor editada por la editorial Planeta.

ACERCA DEL AUTOR

Félix Jiménez Velando Félix es un escritor y guionista de televisón nacido en Fuente Álamo, Albacete. Desde 1999 ha trabajado en muchas series y programas, como "Las noticias del guiñol", "7 vidas", "Física o química", "El secreto de Puente Viejo", "La Caza: Guadiana" y ha publicado cuatro libros: "Te vas a reír cuando te lo cuente", "Calcetines", "Yo de mayor quiero ser súper héroe" y "Yoga a primera vista". A veces sueña con ornitorrincos. r

www.ingramcontent.com/pod-product-compliance
Lightning Source LLC
Chambersburg PA
CBHW071239130626
46556CB00003B/1083